1911 Décembre 19

Vente des 19, 20 et 21 Décembre 1911

(HOTEL DROUOT)

Par le ministère de Me Gustave COULON, commissaire-priseur

CATALOGUE

DE

BEAUX LIVRES

ANCIENS ET MODERNES

Provenant de la Bibliothèque

DE FEU M. EUG. FABRE, Avoué à Douai

LIVRES ILLUSTRÉS DU XVIIIe SIÈCLE

BEAUX LIVRES MODERNES ILLUSTRÉS

Ouvrages relatifs aux Belles-Lettres, aux Beaux-Arts, à l'Histoire littéraire, à l'Histoire de la Révolution et du 1er Empire

IMPORTANT RECUEIL DE PORTRAITS

au crayon de couleur, — exécuté sous le règne de Henri IV

Collection de Lettres autographes de Mme Desbordes-Valmore

PARIS

LIBRAIRIE JEAN SCHEMIT

52, RUE LAFFITTE, 52

1911

Imprimerie Centrale
de l'Ouest
56-60, Rue de Saumur
La Roche-sur-Yon
(Vendée)

CATALOGUE

DE

BEAUX LIVRES

ANCIENS ET MODERNES

LA VENTE AURA LIEU

Du 19 au 21 Décembre 1911

A 2 HEURES PRÉCISES

HOTEL DES COMMISSAIRES-PRISEURS, 9, RUE DROUOT

SALLE N° 8, AU PREMIER

PAR LE MINISTÈRE

DE **Me GUSTAVE COULON**, COMMISSAIRE-PRISEUR

12, Rue de la Victoire, 12

ASSISTÉ DE **JEAN SCHEMIT,** LIBRAIRE

52, Rue Laffitte, 52

CONDITIONS DE LA VENTE :

La vente se fait au comptant.

Les acquéreurs paieront DIX POUR CENT en sus des enchères.

Les livres devront être collationnés dans les vingt-quatre heures de l'adjudication. Passé ce délai, ils ne seront repris pour aucune cause.

M. JEAN SCHEMIT se réserve la faculté de réunir ou diviser les numéros du Catalogue. Il remplira les commissions qu'on voudra bien lui confier.

CATALOGUE

DE

BEAUX LIVRES

ANCIENS ET MODERNES

Provenant de la Bibliothèque

DE FEU M. EUG. FABRE, Avoué à Douai

LIVRES ILLUSTRÉS DU XVIIIe SIÈCLE

BEAUX LIVRES MODERNES ILLUSTRÉS

Ouvrages relatifs aux Belles-Lettres,
aux Beaux-Arts, à l'Histoire littéraire, à l'Histoire
de la Révolution et du Ier Empire

IMPORTANT RECUEIL DE PORTRAITS
au crayon de couleur, — exécuté sous le règne de Henri IV

Collection de Lettres autographes de Mme Desbordes-Valmore

PARIS
LIBRAIRIE JEAN SCHEMIT
52, RUE LAFFITTE, 52

1911

ORDRE DES VACATIONS

Première Vacation. — **Mardi 19 Décembre 1911**

Numéros. . . . . 1 à 232

Seconde Vacation. — **Mercredi 20 Décembre**

Numéros. . . . . 233 à 412
Livres en lots. — Numéros . . . . 413 à 460

Troisième Vacation. — **Jeudi 21 Décembre**

Livres en lots. — Numéros . . . . 461 à 600

I. - LIVRES ANCIENS

1. ALCRIPE (Philippe d'). La nouvelle fabrique des excellens traits de vérité, livre pour inciter les resveurs tristes et mélancoliques à vivre de plaisir, par Philippe d'Alcripe, sieur de Neri, en Verbos. Nouvelle édition revueuë, corrigée et augmentée. *Imprimé cette année* (*S. l. n. d.*), in-12, mar. vert, dos orné, enc. de fil. sur les plats, dent. int., tr. dor. (*Allô*).

2. ALMANACH ROYAL pour l'année MDCC XXVI. *A Paris, chez la Veuve d'Houry et chez M. d'Houry*, 1726, in-8, mar. rouge, dos orné, large dent. aux petits fers sur les plats, tr. dor. (*Rel. anc.*).

3. ALMANACH ROYAL, année commune MDCC LXXXIX. *Paris, de l'Imprimerie de la Veuve d'Houry et Debure*, 1789, in-8, mar. rouge, dos orné, enc. de filets sur les plats, dent. int., tr. dor. (*Rel. anc.*).

4. ALMANACH IMPÉRIAL pour l'an MDCCC VI, présenté à S. M. l'Empereur et Roi, par Testu. *Paris*, s. *d.*, in-8, mar. rouge à long grain, dos orné, enc. de dent. sur les plats et à l'intérieur, tr. dor. (*Rel. anc.*).

Exemplaire portant, sur les plats de la reliure, le chiffre de Gaudin, duc de Gaëte.

5. AMOURS D'ANNE D'AUTRICHE (Les), épouse de Louis XIII,

avec M. le Card. de Richelieu, le véritable père de XIV, Roi de France. Où l'on voit au long comment on s'y prit pour donner un Héritier à la Couronne, les ressors qu'on fit jouer pour cela, et enfin tout le dénouement en cette comédie, Nouvelle édition revue et corrigée. *A Londres, aux dépens de la Compagnie*, 1738, in-12, mar. La Vallière, tête dorée, non rog.

6. AMOURS DE MIRTIL (Les). *Constantinople*, 1761, in-12, mar. vert, orn. mos. et dent. aux petits fers sur le dos et les plats, dent. int., tr. dorées (*Chambolle-Duru*).

Illustré de 1 frontispice, dessiné et gravé par Legrand, et 6 figures par Gravelot, gravées par Legrand.

7. ANACRÉON. Odes d'Anacréon, traduites en vers sur le texte de Brunck par J.-B. de Saint-Victor. *Paris, H. Nicolle*, 1810, in-8, mar. rouge à long grain, dos orné, enc. de dent. sur les plats, tr. dor., *4 figures*.

8. AUSONE. Opera Ausonii Nuper Reperta. A la fin : *Expliciunt Opera Ausonii poetæ celeberrimi fragmêtata : quæ temporum incuria ad nos pervenerunt a Thadeo Ugoleto Parmensi diligenter recognita. Impressum Parmæ per Angelum Ugoletum Parmensem Anno Domini* 1499, Die X mensis Julii, in-4, 8 ff. prélim. et 77 chiffrés, mar. brun, enc. de filets et orn. à froid sur le dos et les plats, filets à l'int., tr. dor. (*Masson-Debonnelle*).

9. BACHAUMONT. Mémoires secrets pour servir à l'histoire de la république des lettres en France, depuis 1762 jusqu'à nos jours, ou journal d'un observateur. *Londres, John Adamson*, 1784-1789, 36 vol. in-12, veau fauve, dos orné, enc. de filets sur les plats, tr. rouges (*Rel. anc.*).

10. BARET (Paul). Le Grelot, ou les etc., etc., etc. Ouvrage dédié à moi. *Ici, à présent.S. l. n. d.*, 2 part. en 1 vol. in-12, demi-mar. rouge, coins, dos orné, non rog. (*Capé*).

11. BEAUMARCHAIS (de). La folle journée ou le Mariage de Figaro, comédie en cinq actes, en prose. Représentée pour la

première fois, par les Comédiens français ordinaires du Roi, le mardi 27 avril 1784. *De l'Imprimerie de la Société littéraire-typographique*; *et se trouve à Paris, chez Ruault*, 1785, gr. in-8, mar. rouge, large dent. sur les plats, dent.int., dos orné, tr. dorées (*Capé*, *Masson-Debonnelle*).,

Illustré de 5 figures par Saint-Quentin, gravées par Halbon, Liénard et Lingée.
Exemplaire contenant le feuillet d'errata.

12. BÉNARD. Eloge de l'Enfer. Ouvrage critique, historique et moral. *La Haye*, *Gosse*, 1759, 2 vol. in-12, mar. rouge, dos orné, enc. de filets sur les plats, dent. int., tr. dor. (*Hardy*).

Orné de 1 frontispice, 1 fleuron de titre répété pour le tome II, 1 vignette et 1 cul-de-lampe, répétés chacun 3 fois, et 15 figures par Sibelius.

13. BERNARD. L'art d'aimer et poésies diverses. *S. l. n. d.*, in-8, mar. rouge, dos orné, enc. de dent. sur les plats, tr. dor. (*Rel. anc.*).

Illustré de 1 frontispice, 3 figures par Martini, pour l'*Art d'aimer* et 4 figures par Eisen pour *Phrosine et Mélidore*.

14. BERNARD et J.-B. de MIRABEAU. Le monde, son origine et son antiquité. *A Londres*, 1751, 2 part. en 1 vol. in-12, mar. vert, dos orné, enc. de filets sur les plats, dent. int., tr. dor.

Très jolie reliure de Derome avec son étiquette.

15. BERQUIN Les Idylles et les Romances. *Paris*, *Ruault*, 1775-1776, 3 vol. in-12, mar. orange, dos orné, large dent. et fleurons mos. sur les plats, dent. int., tr. dorées (*Chambolle-Duru*).

Illustré de 1 frontispice, dessiné et gravé par Marillier, et 24 figures par Marillier, gravées par Gaucher, de Ghendt, Le Gouaz, Delaunay, Lebeau, Masquelier, Née et Ponce, pour les *Idylles*; et de 1 frontispice et 6 figures par Marillier, gravées par Delaunay jeune et Ponce, pour les *Romances*.
Exemplaire contenant les figures avant les numéros.

16. BERQUIN. Pygmalion, scène lyrique de M. J.-J. Rousseau, mise en vers par M. Berquin. Le texte gravé par Droüet. *Paris*,

1775, gr. in-8, mar. bleu, dos orné, large dentelle sur les plats, dent. int., tr. dor. (*Chambolle-Duru*).

Très bel exemplaire, illustré de 1 titre gravé et 6 vignettes par Moreau le Jeune, gravés par Delaunay et Ponce.
On a relié à la suite :
Idylle, par M. Berquin; *s. l. n. d.*, gr. in-8, texte gravé, illustrée de 1 vignette et 1 cul-de-lampe par Marillier, gravés par Gaucher.

17. BIJOUX (Les) des Neufs Sœurs. Avec de jolies gravures. *A Paris, chez Defer de Maisonneuve*, 1790, 2 vol. in-12, mar. bleu, dos orné, enc. de filets sur les plats, dent. int., tr. dor. (*Chambolle-Duru*).

Illustré de 2 frontispices et 4 figures par Le Barbier. — Exemplaire contenant les gravures avant la lettre.

18. BILLARDON DE SAUVIGNY. Histoire amoureuse de Pierre Le Long, et de sa très honorée dame Blanche Bazu. Ecritte par iceluy. La musique de M. Philidor. *A Londres*, 1765, in-12, veau marb., dos orné, tr. rouges, *frontispice et 3 vignettes* (*Rel. anc.*).

19. BOCACE. Contes et nouvelles de Bocace, florentin. Traduction libre, accommodée au goût de ce temps et enrichie de figures en taille-douce, gravées par Romain de Hooge. *Amsterdam, G. Gallet*, 1697, 2 vol. in-12, mar. rouge, dos orné, enc. de filets sur les plats, dent. int., tr. dorées (*Hardy*).

Premier tirage avec les figures de Romain de Hooge, qui comprennent : 1 frontispice et 100 vignettes, en tête de chaque conte.

20. BOISSY (de). Autant en emporte le vent, ou recueil de pièces un peu... un peu... on le verra bien. *A Gaillardopolis, et se trouve chez... chez ceux qui l'achèteront*, 1787, 2 part. en 1 vol. in-12, mar. bleu, dos orné, dent. sur les plats et à l'int., tr. dor.

21. BOUGEANT. (Le P. Guil.-Hyac.). La femme docteur ou la théologie tombée en quenouille, comédie. *A Douay, chez J. François Roujot*, 1731, in-12, veau fauve, enc. de filets sur le dos et les plats, dent. int., non rog. (*Bauzonnet*).

22. BRILLON (Pierre-Jacques). Apologie de M. de La Bruyère, ou réponse à la critique des caractères de Théophraste. *Paris, J. Delespine*, 1701, in-12, mar. brun, armes sur les plats, dent. int., tr. dorées (*Wampflug*).

23. BUSSY (de). Histoire amoureuse des Gaules, par M. de Bussy, sieur de la Bastille. *S. l. n. d.*, in-16, *titre gravé*, mar. rouge, dos orné, enc. de filets sur les plats, tr. dor. (*Rel. anc.*).

24. CAYLUS (Comte de). Histoire de Guilleaume. *S. l. n. d.*, 2 parties en 1 vol. in-16, mar. citron, dos orné, enc. de filets sur les plats, dent. int., tr. dor. (*Hardy*).

25. CERVANTÈS. Les principales avantures de l'admirable Don Quichote, représentées en figures par Coypel, Picart le Romain et autres habiles maîtres, avec les explications des 31 planches de cette magnifique collection, tirées de l'original espagnol de Miguel de Cervantès. *A La Haie, chès Pierre de Hondt*, 1746, in-4, mar. vert, dos orné, dent. et orn. sur les plats, tr. dor. (*Rel. anc.*).

26. CHARAS. Nouvelles expériences sur la vipère, où l'on verra une description exacte de toutes ses parties, la source de son venin, ses divers effets, et les remèdes exquis que les artistes peuvent tirer de la vipère, tant pour la guérison de ses morsures, que pour celle de plusieurs autres maladies, par M. Charas, Apoticaire ordinaire de Monseigneur, Frère unique du Roy. *A Paris, chez l'auteur et Olivier de Varennes*, 1670, 2 part. en 1 vol. in-8, mar. rouge, dos orné, filets sur les plats, tr. dor., *frontispice et 3 planches* (*Rel. anc.*).

27. CHASSE AU LOUP (La) de Monseigneur le Dauphin, ou la rencontre du comte du Rourre dans les plaines d'Anet. *A Cologne, chez Pierre Marteau*, 1695, in-16, mar. bleu, dent. int., tr. dor., *frontispice* (*Duru*).

28. CHODERLOS DE LACLOS. Les liaisons dangereuses, lettres recueillies dans une société, et publiées pour l'instruction de

quelques autres par C*** de L***. *Londres*, 1796, 2 vol. in-8, mar. rouge, enc. de filets sur les plats, tête dorée, tr. éb.

Illustré de 2 frontispices et 13 figures par Monet et Mlle Gérard.

29. CHRONIQUE SCANDALEUSE (La), ou mémoires pour servir à l'histoire de la génération présente, contenant les anecdotes et les pièces fugitives les plus piquantes que l'histoire secrète des sociétés a offertes pendant ces dernières années. Quatrième édition, revue et corrigée. *Paris, dans un coin d'où l'on voit tout*, 1791, 5 vol. in-12, demi-cuir de Russie, coins, dos orné, tête dorée, tr. éb.

30. CICÉRON. M. Tullii Ciceronis Epistolæ. — Philosophica. — Orationes. *Parisiis, Ex officina Roberti Stephani*, 1538-1539, 3 vol. in-fol., veau fauve, fleurons au dos, enc. de filets, dent. int., tr. rouges.

Bel exemplaire aux Armes d'Amelot de Chaillou.

31. CONGÉ DUBREUIL (Alph. du). La Pucelle de Paris, poème en douze chants et en vers. *A Londres*, 1776, in-8, demi-chag. crème, coins, dos orné, tête dorée, non, rog., *frontispice*.

32. CONGRÈS DE CYTHÈRE (Le) (Septième édition), et le jugement de l'amour sur le Congrès, suivis de divers morceaux de littérature, traduits de l'italien et accompagnés de notes curieuses et instructives. *A Pise, et se trouve à Paris chez Maradan*, 1789, in-12, mar. rouge, dos orné, enc. de filets sur les plats, tr. dor. (*Rel. anc.*).

33. CONSTITUTION FRANÇAISE (La). *Strasbourg, chez Dannbach*, l'an III de la liberté, in-4, mar. rouge, dos orné, enc. de fil. sur les plats, dent int., tr. dorées (*Rel. anc.*).

Exemplaire imprimé sur peau de vélin.

34. COURRIER FACÉTIEUX (Le), ou recueil des meilleurs rencontres de ce temps. *A Lyon, chez Jean-Baptiste de Ville*, 1668, in-12, mar. bleu, dos orné, enc. de filets sur les plats, dent. int., tr. dor., *frontispice* (*Belz, suc*r *de Niédrée*).

35. DESCAMPS (J.-B.). La vie des Peintres flamands, allemands et hollandois, avec des portraits gravés en taille-douce, une

indication de leurs principaux ouvrages et des réflexions sur leurs différentes manières. *Paris, Ch.-Ant. Jombert*, 1753, 4 vol. in-8, bas., dos orné, dent. sur les plats, tr. rouges.

On y a joint :
Voyage pittoresque de la Flandre et du Brabant, avec des réflexions relatives aux arts et quelques gravures. *Rouen, Ric. Lallemant*, 1769, in-8, veau marb., dos orné, tr. marb., *5 planches* et *une carte*.

36. DIONIS DUSÉJOUR (Mlle). L'origine des Grâces, par Mademoiselle D***. *A Paris*, 1777, in-8, mar. citron, doublé de mar. bleu, fil. sur les plats, dent. et fil. à l'int., dos orné, tr. dor.

Illustré de 6 figures par Cochin.
Exemplaire auquel on a ajouté *une lettre autographe* de l'auteur.

37. DORAT. Les Tourterelles de Zelmis, poème en trois chants, par l'auteur de Barnevelt. *S. l. n. d.* (Paris, 1766), in-8, mar. rouge, dos orné, filets sur les plats, dent. int., tr. dor. (*Bausée*).

Illustré de 1 titre-frontispice, 1 figure, 1 en-tête et 1 cul-de-lampe par Eisen, gravés par de Longueil.

38. DU BUISSON. Le Tableau de la volupté, ou les quatre parties du jour. Poème en vers libres, par M. D. B. Nouvelle édition. *Cythère, au Temple du Plaisir*, 1787, in-8, mar. bleu, dos orné, enc. de filets sur les plats dent. int., tr. dorées, (*Thibaron-Joly*).

Illustré de 1 frontispice, 4 en-têtes, 4 culs-de-lampe et 4 figures par Eisen, gravés par de Longueil.

39. DU ROSOI. Les Sens, poème en six chants. *A Londres*, 1766, in-8, mar. bleu doublé de mar. orange, enc. de fil. sur les plats, large dent. int., dos orné, tr. dorées, emboîtage (*Chambolle-Duru*).

Orné de 7 figures, dont 4 d'Eisen et 3 de Wille; 6 vignettes dont 3 d'Eisen et 3 de Wille, et 2 culs-de-lampe par Eisen, gravés par de Longueil.

40. ERASME. ΜΩΡΙΑΣ ΕΓΚΩΜΙΟΝ : Stultitiæ laudatio. Desiderii Erasmi Declamatio. Editio Castigatissima. *Londini et Parisiis, Barbou*, 1765, in-12, mar. rouge, dos orné, enc. de filets sur les plats, dent. int., tr. dor., *frontispice par Gravelot*. (*Rel. anc.*).

41. ETRENNES MIGNONNES, pour l'An de N. Seigneur MDCCLXXVII. *A Liège, chez la Vve J. Dessain, s. d.*, in-32, mar. rouge, dos orné, orn. dorés sur les plats, tr. dor. (*Rel. anc.*).

42. FAVART. Les Nymphes de Diane, opéra-comique du Sr Favart, réprésenté pour la première fois le premier juin 1747, sur le grand Théâtre de Bruxelles, par les comédiens de S. A. S. Monseigneur le Comte de Saxe. *S. l.*, 1748, in-8, mar. vert, dos orné, enc. de filets sur les plats, dent. int., tr. dor. (*Chambolle-Duru*).

Orné de 1 frontispice par Cochin, 1 fleuron de titre, 1 vignette et 2 culs-de-lampe par Boucher, gravés par Chedel et Krafft.

43. FAVRE (de). Les quatre heures de la toilette des dames, poème érotique en quatre chants, dédié à Son Altesse Sérénissime Madame la Princesse de Lamballe. *A Paris, chez Bastien*, 1779, gr. in-8, mar. bleu doublé de mar. rouge, large dent. sur les plats et à l'intérieur, dos orné, tr. dor. (*Chambolle-Duru*).

Orné de 1 frontispice, 1 vignette, 4 figures et 4 culs-de-lampe par Leclerc, gravés par Arrivet, Halbon, Legrand, Leroy et Patas.
Exemplaire sur grand papier de Hollande auquel on a ajouté un portrait de la Princesse de Lamballe. — Toutes les figures ont été aquarellées.

44. FÉNELON. Les aventures du Télémaque, fils d'Ulysse. *Paris, Didot*, 1790, 2 vol. in-8, mar. vert, dos orné, enc. de filets et fleurons sur les plats, dent. int., tr. dor. (*Allô*).

Exemplaire contenant les suites suivantes :
1 portrait gravé par Hubert d'après Vivien et 24 figures de Marillier, en double état, *avant* et *avec* la lettre.
1 portrait gravé par Delvaux d'après Vivien, et 24 figures de Le Fèvre.
24 figures de Moreau le jeune.
24 figures d'après Monnet, remontées au format du livre.
2 figures de Cochin gravées par De Launay.
2 figures pour *Antinoüs*, l'une par Marillier et l'autre par Moreau le jeune.

45. FLANDRES, ARTOIS, HAINAUT. Réunion d'environ 30 pièces, mémoires, factums relatifs à des procès. *De la 1re moitié du XVIIIe siècle.* In-fol., demi-bas. verte, coins, tr. jaunes.

46. FLORIAN. Galatée, roman pastoral, imité de Cervantès par M. de Florian. Quatrième édition. *Paris, de l'Imprimerie de Didot l'aîné*, 1785, in-12, mar. rouge, dos orné, enc. de fil. sur les plats, dent. int., tr. dor. *(Rel. anc.)*.

Illustré de 1 frontispice. 1 feuillet de dédicace gravé, 1 portrait et 4 figures par Flouest, gravés par Guyard.

47. GAZETTE DE CYTHÈRE, ou histoire secrète de Madame la Comtesse Du Barry. *Londres*, 1775, in-12, mar. rouge, dos orné, enc. de filets sur les plats, dent. int., tr. dorées (*Capé*).

48. GRAFFIGNY (Mme de). Lettres d'une Péruvienne, par Mme de Graffigny. Nouvelle édition augmentée d'une suite qui n'a pas encore été imprimée. *A Paris, de l'Imprimerie de P. Didot l'aîné*, an V, 1797, 2 vol. in-18, mar. bleu, dos orné, enc. de filets sur les plats, dent. int., tr. dor. (*Allô*).

Illustré de 1 portrait par Delaunay et 8 figures par Lefèvre.

49. GRAFFIGNY (Mme de). Lettres d'une Péruvienne, par Mme de Graffigny, traduites du français en italien par M. Deodati. *Paris, de l'Imprimerie de Migneret*, 1797, in-8, veau fauve, dos orné, dent. sur les plats et à l'int., tr. jaunes.

Illustré de 1 portrait gravé par Gaucher d'après La Tour, et de 6 figures, par Le Barbier l'aîné, gravées par Choffard, Gaucher, Patas, Lingée et Halbon.

50. GRÉCOURT. Œuvres choisies de Grécourt. *A Genève*, 1777, 3 vol. in-12, mar. vert, dos orné, enc. de fil. sur les plats, tr. dor.

Illustré de 3 frontispices dont 2 par Eisen et 1 par Marillier.

51. HALIFAX (Marquis d'). Conseils d'un homme de qualité à sa fille. *La Haye, chez Louis et Henri van Dole*, 1698, in-12, mar. bleu, dos orné, enc. de fil. sur les plats, dent. int., tr. dor. *Frontispice gravé*. (*Lortic*.)

52. ILLUSTRES PROVERBES HISTORIQUES (Les) ou recueil de diverses questions curieuses, pour se divertir agréablement dans les Compagnies. Ouvrage tiré des plus célèbres auteurs de ce temps. *A Lyon, chez André Olyer*, 1664, in-16, mar.

violet à long grain, dos orné, enc. de filets sur les plats, tr. dor. *Planche.* (*Purgold.*)

53. IMBERT. Le jugement de Pâris, poème en IV chants, suivi d'Œuvres mêlées. Nouvelle édition corrigée et augmentée. *Amsterdam*, 1774, in-8, mar. rouge, fil. sur les plats, dent. int., dos orné, tr. dor. (*Chambolle-Duru*).

Illustré de 1 titre gravé par Moreau, 4 figures par Moreau, gravées par Née, Duclos, Masquelier et Delaunay, et 4 vignettes par Choffard.

54. JOUJOU (Le) des demoiselles. Avec de nouvelles gravures. Nouvelle édition augmentée. *S. l. n. d.*, pet. in-8, mar. vert, dos orné, enc. de fil. sur les plats, dent. int., tr. dorées.

Orné de 1 titre gravé, 1 frontispice par Eisen, gravés par Le Mire, 50 vignettes pour le *Joujou* et 5 vignettes pour les *Epigrammes.*

55. LA FONTAINE. Les Amours de Psyché et de Cupidon, avec le poème d'Adonis. Edition ornée de figures dessinées par Moreau le jeune et gravées sous sa direction. *Paris, Saugrain*, 1797, 2 vol. in-18, mar. orange, dos orné, enc. de fil. et orn. sur les plats, dent. int., tr. dor. sur marb., emboîtage. *1 portrait et 8 figures.* (*Chambolle-Duru.*)

56. LA FONTAINE. Contes et nouvelles en vers. *Amsterdam*, 1745, 2 vol. in-12, mar. vert, dos orné, enc. de filets sur les plats, dent int., tr, dor. *(Marius Michel).*

Orné de 1 frontispice par Lebas, 2 fleurons sur les titres et 69 vignettes par Cochin.

57. LA FONTAINE. Contes et nouvelles en vers, par M. de La Fontaine. *Amsterdam*, 1762, 2 vol. in-8, mar. rouge, dos orné, enc. de filets et fleurons sur les plats, tr. dorées sur marb. (*Rel. anc.*).

Bel exemplaire de l'édition dite des *Fermiers généraux*, illustrée des portraits de La Fontaine, gravé par Ficquet d'après Rigaud, d'Eisen, gravé par Ficquet d'après Vispré, et de Choffard, par lui-même, en cul-de-lampe; 80 figures par Eisen, gravées par Aliamet, Baquoy, Choffard, Delafosse, Flipart, Lemire, Leveau, de Longueil et Ouvrier; 4 vignettes et 53 culs-de-lampe par Choffard.

Exemplaire auquel on a joint un tirage à part du portrait de Choffard et d'un cul-de-lampe du tome I.

58. LA FONTAINE. Fables choisies, mises en vers par M. de La Fontaine. *A Genève*, 1777, 2 part. en un vol. in-12, mar. vert, dos orné, enc. de fil. sur les plats, tr. dor. (*Rel. anc.*).

Orné de 1 frontispice par Marillier, gravé par De Launay.

59. LA MOTTE (Houdard de). Fables nouvelles dédiées au Roy. Avec un discours sur la Fable. *Paris, Grégoire Dupuis*, 1719, in-4, mar. bleu, dos orné, enc. de filets sur les plats, dent. int., tr. dorées.

Illustré de 1 vignette de titre par Vleughels, 1 frontispice par Coypel, et 100 vignettes par Coypel, Gillot, Edelinck, B. Picart et Ranc.

60. LA PLACE. Adèle, Comtesse de Ponthieu, tragédie par M. de La Place, représentée par les comédiens ordinaires du Roi, le 28 avril 1757, et remise au théâtre au mois de novembre de la même année. *A Paris, chez Sébastien Jorry*, 1758, in-12, mar rouge jans., dent. int., tr. rouges, *frontispice par Gravelot.*

61. LA ROCHEFOUCAULD. Maximes et réflexions morales du Duc de La Rochefoucauld. *A Paris, de l'Imprimerie de Monsieur*, 1779, in-12, mar. rouge, dos orné, enc. de fil. sur les plats, dent. int., tr. dor. (*Rel. anc.*).

62. LETTRES de la Fillon. *A Cologne, chez Pierre Marteau*, 1751, in-12, mar. rouge, dos orné, enc. de filets sur les plats, dent. int., tr. dor., *titre gravé.*

63. LISTE GENERALE et très exacte de tous ceux qui ont été condamnés à mort par le Tribunal Révolutionnaire établi à Paris depuis le commencement de la révolution jusqu'à la suppresion du tribunal, contenant leurs noms, prénoms, âges, qualités et demeures, lieux de leurs naissances et de leurs départemens. *Paris*, an II-III, in-8, demi-veau souris, dos orné, tête jasp., tr. éb.

Collection complète comprenant 11 numéros et 1 supplément au n° IX.

64. LONGUS. Les Amours pastorales de Daphnis et de Chloé, par Longus. Double traduction du grec en françois, de

Mr. Amyot et d'un anonime, mises en parallèle, et ornées des estampes originales du fameux B. Audran, gravées aux dépens du feu duc d'Orléans, Régent de France, sur les tableaux inventés et peints de la main de ce grand Prince, avec un frontispice de Coypel et autres vignettes et culs-de-lampe, gravés par D. Focke sur les desseins de Cochin et de Eysen. *A Paris, Imprimées pour les curieux*, 1757, pet. in-4, mar. rouge, dos orné, enc. de fil. sur les plats, tr. dorées (*Rel. anc.*).

65. LONGUS. Les amours pastorales de Daphnis et Chloé, escrites en grec par Longus, et translatées en françois par Jacques Amyot. *A Amsterdam*, 1794, in-12, mar. rouge, dos orné, enc. de filets sur les plats, dent int., tr. dorées, *1 front. et 6 figures.*

66. LONGUS. Les amours pastorales de Daphnis et de Chloé, traduites du grec de Longus par Amyot. *Paris, P. Didot l'aîné*, 1800, in-12, mar. rouge, dos orné, enc. de fil. sur les plats, dent. int., tr. dorées.

Illustré de 8 figures par Scotin.

67. LUCRÈCE. De la Nature des choses, traduction nouvelle avec des notes par M. L* G* (La Grange). *A Paris, chez Bleuet*, 1768, 2 vol. gr. in-8, mar. rouge, dos orné, dent. sur les plats et à l'int., tr. dorées (*Rel. anc.*).

Orné de 1 titre gravé et 6 figures par Gravelot, gravés par Binet. On y a ajouté une suite de 1 frontispice et 6 figures, avant la lettre.

68. MALFILATRE. Narcisse dans l'Isle de Vénus, poème en quatre chants. *Paris, Lejay, s. d.*, in-8, chag. bleu, dos orné, dent. int., tr. dor., *1 titre gravé par de Ghendt* et 4 *figures par G. de Saint-Aubin.*

On a relié à la suite :

1° L'Heureux jour, épître à mon ami (par le Marquis de Pezay). *Paris, Veuve Duchesne*, 1768, *1 titre gravé, 1 vignette et 1 cul-de-lampe et 1 figure par Eisen.*

2° Lettre amoureuse d'Héloïse à Abailard, traduction libre de M. Pope, par M. Colardeau. Nouvelle édition, revue et corrigée par l'auteur. *Paris, Veuve Duchesne*, 1766, *1 frontispice* et *1 vignette par Eisen.*

69. MARGUERITE DE NAVARRE. Heptaméron français. Les nouvelles de Marguerite, Reine de Navarre. *Berne*, 1780-1781, 3 vol. in-8, mar. rouge, dos orné, dent. et compartiments dorés sur les plats, dent. int., tr. dorées.

1 frontispice par Dunker, gravé par Eichler, 73 figures de Freudenberg, et 72 en-têtes et culs-de-lampe par Dunker.

70. MIRABAUD. Système de la nature ou des lois du monde physique et du monde moral. *Londres*, 1770, 2 part. en 1 vol. in-8, mar. rouge, dos orné, enc. de fil. sur les plats, tr. dor. (*Rel. anc.*).

71. MONTESQUIEU. Lettres Persanes. *Amsterdam*, 1721, 2 tomes en 1 vol. in-12, mar. rouge, dos orné, enc. de filets sur les plats, dent. int., tr. dorées (*Brany*).

72. MONTESQUIEU. Lettres persanes, par M. de Montesquieu, Nouvelle édition, augmentée de douze lettres qui ne se trouvent point dans les précédentes ; et suivie du Temple de Gnide. *A Londres*, 1784, 2 vol. in-12, mar. rouge, dos orné, enc. de fil. sur les plats, tr. dor. *Portrait gravé par Duponchel.* (*Rel. anc.*)

73. MONTESQUIEU. Le Temple de Gnide. Nouvelle édition, avec figures gravées par Le Mire, d'après les dessins de Ch. Eisen. Le texte gravé par Droüet. *A Paris, chez Le Mire*, 1772, in-8, mar. orange, doublé de mar. bleu, large dentelle sur les plats, dent. int., dos orné, tr. dor. (*De Samblancx-Weckesser*).

Premier tirage orné de 1 titre gravé, 1 frontispice, 1 vignette et 9 figures, dont 2 pour Céphise et l'Amour, par Eisen, gravés par Le Mire.

74. MOREL DE VINDE. Zélomir, par Morel (Vindé). *A Paris, Didot l'aîné*, 1801. — Primerose, par M..el de V..dé. *A Paris, Didot l'aîné*, 1798, ensemble 2 vol. in-12, mar. rouge souple à recouvrements, fil. sur les plats, non rog. (*Pierson*).

Illustrés ensemble de 1 frontispice et 11 figures par Le Fèvre.

75. NAU. Fables de La Fontaine, mises en chansons, vaudevilles et pots-pourris par M. Nau. Nouvelle édition corrigée et aug-

mentée. *A Genève, et se trouve à Paris, chez la veuve Duchesne, s. d.*, in-16, mar. bleu à long grain, dos orné, enc. de filets sur les plats, dent. int., tr. dor., *frontispice*. (*Lefebvre*.)

76. OLIVIER (Jacques). Alphabet de l'imperfection et malice des femmes. Reveu, corrigé et augmenté d'un friant dessert, et de plusieurs histoires en cette cinquième édition pour les Courtizans et Partizans de la femme mondaine. Dédié à la plus mauvaise du monde. *Paris, chez Jean Petitpas*, 1630, in-12, mar. rouge, dos orné, enc. de fil. sur les plats, tr. dorées (*Hardy*).

77. ORDINAIRE de la Messe, avec les Vespres, les Complies, etc., etc. *A Paris, chez Durand*, 1756, in-32, mar. rouge, dos orné, large dent. aux petits fers sur les plats, tr. dor., étui (*Rel. anc.*).

78. PEZAY (Marquis de). Zélis au bain, poème en quatre chants. Nouvelle édition. *A Genève, s. d.*, in-8, mar. vert, dos orné, fil. sur les plats, dent. int., tr. dor. (*Pouillet*).

Illustré de 1 titre, 4 figures, 4 en-têtes et 4 culs-de-lampe par Eisen.

79. PLANCHER DE VALCOUR. Le Petit-neveu de Bocace, ou contes nouveaux, en vers. Nouvelle édition, revue, corrigée et augmentée de deux volumes par M. Pl. D. *A Amsterdam*, 1787, 3 vol. in-8, demi-veau, non rog.

Exemplaire sur papier rose.

80. PLINII (C.) Secundi naturalis historiæ opus, ab innumeris mendis à D. Johâne Cæsario Jubi.... *Coloniæ in ædibus Eucharii Ceruicorni, Anno*, 1524, 4 vol. in-12, veau ant., enc. de filets dorés et à froid sur le dos et les plats, tr. dor. (*Rel. anc.*).

81. POETES FRANÇAIS. *Paris, Ant.-Urbain Coustellier*, 1723-1724, 9 vol. in-12, mar. rouge, dos orné, enc. de filets sur les plats, dent. int., tr. dor. (*Chambolle-Duru*).

Les poésies de Guillaume Coquillart, 1 vol. — Les poésies de Guillaume Crétin, 1 vol. — Les Œuvres de Jean Marot; nouvelle édition, 1 vol. — La légende de Maistre Pierre Faifeu, mise en vers par Charles Bourdigné, 1 vol. — La Farce de Maistre Pierre Pathelin, avec son testament à quatre personnages; nouvelle édition, 1 vol. — Les Œuvres de M. Honorat de Beuil, Chevalier, Seigneur de Racan, 2 vol. — Les poésies de Martial de Paris, dit d'Auvergne, 2 vol.

Les faux titres du volume de Marot ont été transposés.

82. PROCEZ et amples examinations sur la vie de Caresme-Prenant, dans lesquelles sont amplement descrites toutes les tromperies, astuces, caprices, bisarreries, fantaisies, brouillemens, inventions, subtilités, folies, débordemens et paillardises qu'il a commis et fait pratiquer en la présente année. Avec la Sentence, Mandement, et Banissement général donnez et publiez contre luy, de l'ordonnance et commission du seigneur Caresme. Traduit d'italien en françois. *Paris*, 1605, in-12, mar. vert à long grain, dos orné, dent. sur les plats et à l'int., tr. dor.

Recueil de 8 pièces facétieuses : *Traicté de mariage entre Julian Peoger dit Janicot, et Jacqueline Papinet sa future Espouse*, 1611. — *La copie d'un bail et ferme faicte par une jeune dame de son c... pour six ans*, 1609. — *La raison pourquoy les femmes ne portent Barbe au Menton, aussi bien qu'à la Penillière.* — *La Source et origine des c... sauvages, et la manière de les apprivoiser; etc.* — *La grande et véritable pronostication des c... sauvages, avec la manière de les aprivoiser.* — *La source du gros fessier des nourrices, etc.* — *Sermon joyeux d'un Dép... de nourrices.*

83. RABAUT (J.-P.). Almanach historique de la Révolution française, pour l'année 1792. On y a joint l'acte constitutionel des françois, avec le discours d'acceptation du Roi. Ouvrage orné de gravures d'après les dessins de Moreau. *Paris, Onfroy*, 1792, in-12, mar. brun, dent. int., tr. dorées (*Durvand*).

84. RABELAIS. Les Œuvres de M. François Rabelais, docteur en médecine, dont le contenu se voit à la page suivante. Augmentées de la vie de l'auteur et de quelques remarques sur sa vie et sur l'histoire. Avec la clef et l'explication de tous les mots difficiles. *S. l.*, M DC LIX (sic, pour 1669), 2 vol. in-12, mar. rouge, dos ornés, enc. de filets et orn. sur les plats, dent. int., tr. dor. (*Chambolle-Duru*).

85. RABELAIS. Œuvres de François Rabelais, docteur en médecine. *A Genève*, 1782, 4 vol. in-12, mar. rouge, dos ornés,

enc. de fil. sur les plats, tr. dorées. *Portrait gravé par Delaunay.* (*Rel. anc.*)

86. RECUEIL de quelques pièces nouvelles et galantes, tant en prose qu'en vers. Nouvelle édition. *A Cologne, chez Pierre du Marteau*, 1684, 2 tomes en 1 vol. in-12, mar. orange jans., dent. int., tr. dorées.

87. RESTIF DE LA BRETONNE. Le Paysan perverti, ou les dangers de la Ville; histoire récente, mise au jour d'après les véritables lettres des personnages. *A La Haie*, 1776, 4 vol. in-12, mar. bleu, dent. int., tr. dor. — La Paysanne pervertie, ou les dangers de la Ville; histoire d'Ursule R**, sœur d'Edmond, le paysan, mise au jour d'après les véritables lettres des personnages. *A La Haie*, 1784, 4 vol. in-12, mar. bleu, dos orné, enc. de filets sur les plats, dent. int., tr. dor.

Illustré de 116 figures dessinées par Binet, gravées par Berthet et Leroi. Des figures du Paysan ont été reliées dans les volumes de la Paysanne.

88. RESTIF DE LA BRETONNE. La vie de mon Père, par l'auteur du Paysan perverti. *Neufchâtel et Paris, chez Humblot*, 1779, 2 part. en 1 vol. in-12, mar. rouge, dos orné, enc. de filets sur les plats, dent. int., tr. dor. (*Chambolle-Duru*).

Première édition, ornée de 2 fleurons-portraits sur les titres, 2 frontispices et 12 figures, non signés.

89. RESTIF DE LA BRETONNE. Les Françaises, ou XXXIV exemples choisis dans les mœurs actuelles, propres à diriger les Filles, les Femmes, les Epouses et les Mères. *A Neufchâtel et à Paris, chez Guillot*, 1786, 4 vol. in-12, mar. bleu, fleurons sur le dos et les plats, dent. int., tr. dor.

Illustré de 34 figures.

90. RESTIF DE LA BRETONNE. Les Parisiennes, ou XI caractères généraux, pris dans les mœurs actuelles, propres à servir à l'instruction des Personnes du Sexe. Tirés des mémoires du nouveau Lycée des mœurs. *A Neufchâtel et à Paris, chez Guillot*, 1787, 4 vol. in-12, mar. bleu, dos ornés, enc. de filets sur les plats, dent. int., tr. dor.

Illustré de 20 figures.

91. SANDRAS DE COURTILZ (Gatien). Les conquestes amoureuses du grand Alexandre dans les Pays-Bas. Avec les intrigues de sa cour. *A Cologne, chez Pierre Bernard*, 1684, in-16, mar. bleu, fleurs de lys sur le dos et les plats, dent. int., tr. dor. (*David*).

92. SATYRE MENIPPÉE de la vertu du Catholicon d'Espagne et de la tenue des Estats de Paris. A laquelle est adjousté un discours sur l'interprétation du mot du Higuiero d'Infierno, et qui en est l'autheur. Plus le regret sur la mort de l'Asne Ligueur d'une Damoiselle, qui mourut durant le siège de Paris. Avec des remarques et explications des endroits difficiles. *Ratisbonne, chez Mathias Kerner*, 1664, in-12, mar. orange, dos orné, enc. de fil. sur les plats, dent. int., tr. dor., *3 figures* (*David*).

93. STIGLIANI. Rime di Tomaso Stigliani, distinte in otto libri. Con privilegi, et licenza de Superiozi. *In Venezia*, 1605, in-16, mar. vert, dos orné, enc. de filets sur les plats, dent. int., tr. dor. (*Rel. anc.*).

94. SWIFT. Voyages de Gulliver. *Paris, Coustelier et Guérin*. 1727, 2 tomes en 1 vol., *fig.* — Le Nouveau Gulliver, où voyage de Jean Gulliver, fils du capitaine Gulliver. Traduit d'un manuscrit anglois, par Monsieur L. D. F. (L'abbé Desfontaines). *Paris, Clouzier*, 1730, 2 tomes en 1 vol. — Ens. 2 vol. in-12, mar. rouge, dos orné, enc. de filets sur les plats, dent. int., tr. dorées (*Brany*).

Editions originales.

95. VÉNUS LA POPULAIRE, ou apologie des maisons de joye. Traduite de l'anglois. *Londres, A Moore*, 1727, in-12, mar. bleu jans., dent. int., tr. dor.

96. VIGOUREUX. La défense des femmes, contre l'alphabet de leur prétendue malice et imperfection. Le fouet au cheval, et le chevestre à l'asne. Par le Sieur Vigoureux, capitaine du Chasteau de Brye-Comte-Robert. *Paris, chez Pierre Chevalier*,

1617, in-12, mar. citron, dos orné, enc. de fil. sur les plats, dent. int., tr. dor. (*Capé*), *frontispice*.

97. VIRGILE. P. Virgilii Maronis. — Bucolica, Georgica, et Aeneis. Ex recensione Alexandri Cuningamii Scoti, cujus emendationes subjiciuntur. *Edinburgi, Hamilton et Balfour*, 1743, in-12, mar. rouge, dos orné, enc. de fil. sur les plats, dent. int., tr. dor. (*Rel. anc.*).

II. DOCUMENTS MANUSCRITS AUTOGRAPHES

---

98. FLANDRES et ARTOIS. — Réunion de 12 pièces sur parchemin. — 1° 1587, 13 avril. Vente par Jacques Genevrier, bourgeois de Douai, d'une maison, grange, étable, pré et jardin, sur le chemin de Wasnes à Culniny. — 2° 1592, 26 septembre. Provisions de l'office de bailli de Lille pour Chrétien Sarazin, seigneur de Lambersart (près de Lille), ledit office vacant par le décès de Gérard de Honnier. — 3° Arras, 12 déc. 1599. Donation et règlement de biens en la forme testamentaire, par Charles de Cardevacques, écuyer, licencié-ès droits, sgr de Beaumont et autres lieux et Marie Briois, sa femme, pour les enfants de leur fils unique, Fernand de Cardevacques écuyer, sgr de Beauvoir. — 4° 1641, 29 août. Constitution de rente pour dame *Adrienne de Maucquetin*, veuve de *Pierre de Voordt*, chevalier, sgr du Driel Sart, en Cambrésis. — 5° 1663, 5 août (il y a au dos : *Testament*, c'est une erreur) Cence, ferme et louage entre delle. *Marie de Marquiette*, veuve de *Jean Fessirier*, *bourgeois et imprimeur en la ville et université de Douai*, d'une part, et Jean Monstreul et Catherine Beuque, sa femme, d'autre part, de terres labourables à Cininchy? — 6° 1756, 6 mars, à Douai. Adjudication d'une maison sise à Douai, rue des Pierres fait à Antoine Joseph Gobert. — 7° 1775,

24 février. Vente par noble delle Françoise Robertine Brachet de la Beaume, demeurant à Douai, à Antoine Joseph Maniez, jardinier à Douai, de terres labourables au territoire de Douai. — 8° 1900. Lettres de naturalité données en 1700 à Nicolas de Faulx, né en Lorraine, fils de Pierre de Faulx et de Catherine de Villers. — Certificats attestant que Jacques-François-Joseph de Faulx, demeurant à Douay est un très ancien magistrat, qu'il s'est émigré, qu'il a servi avec honneur dans l'armée anglaise et qu'il est inviolablement attaché au Roi, 1824, ens. 3 pièces. — 9° 1669, 14 mai. Béziers. Jean de Pierre, abbé de l'église séculière, collégiale de St Affrodise de Béziers, certifie la cession par Guillaume Fleury, bourgeois de Narbonne, d'une vigne au territoire de Béziers, à François Jaille, maître-apothicaire à Béziers (Le contrat de cession, du 13 mai précédent est transcrit). — 10° 1753, août. Acte de naturalité pour les *frères Talbot*, d'Isle-Warth, près de Londres, comté de Midlessex, ecclésiastiques.

100. ETAT des dépenses de la Grande Vénerie du Roy, faite par le Grand Veneur, pendant le quartier de janvier 1775. 4 ff. in-fol. Signé : *Louis-Jean-Marie de Bourbon.*

101. RÉCAPITULATION des Dépenses faites pour le Service général de la Maison bouche du roi pendant le quartier d'avril 1790. — Suivie d'une ordonnance de paiement de 445.924 livres 17 sols 11 deniers, en date du 1er octobre 1790, signée de *Louis XVI* et contresignée *Guignard.*

102. RÉCAPITULATION de la dépense ordinaire de la Maison du Roi fixée par l'Etat et Menu Général pour le quartier de juillet 1791. 2 ff., in-fol. Signé : *A Paris le 21 décembre 1791 : La Borde. — Mesnard de Chouzy. — De la Chapelle. — Papillon de la Ferté.*

103. ETAT de la Dépence des enfants de France pendant le quartier d'avril 1792, ordonnée par la Marquise de Tourzel, Gouvernante des Enfants de France, et sur Intendante de Leurs Maisons. 2 ff. pet. in-fol. Signé : *Croy d'Havré de Tourzel.*

104. COMPTE que rend à Monseigneur Comte d'Artois, lemar-

quis de Serent, gouverneur, administrateur, et surintendant de la Maison de Monseigneur le Duc d'Angoulême, du fonds annuel de dix mille livres, affecté particulièrement pour gratifications et récompenses dans l'état de la maison de Monseigneur. 2 ff. in-fol. *Versailles* le 7 janvier 1789. Signé *Marquis de Serent.* « Vu et arresté pour le tout *Charles-Philippe.* » (*Comte d'Artois*).

105. ETAT de la dépense que Monseigneur Comte d'Artois veut et ordonne être faite par le sieur Fayau, argentier de ses écuries, des fonds qui seront remis en ses mains à cet effet, par le sieur Bourboulon, trésorier général de la Maison de Monseigneur; pour les causes cy après mentionnées, ainsi qu'il suit pendant la présente année 1786, 6 ff. in-fol. Signé : *Charles-Philippe* (*Comte d'Artois*) et contre signé : *Laurent de Villedeuil.*

106. ATTESTATION délivrée le 9 mai 1779, par Antoine-Raymond-Jean-Gualbert-Gabriel de Sartine, Conseiller Secrétaire dE'tat et des Commandemens de Sa Majesté, ayant le Département de la Marine. 1 p. in-fol. Signé : *de Sartine* et scellé.

107. BARONIE DE FENESTRANGE. Extrait de la demande de M. le duc et Mme la duchesse de Polignac. — Rapport au roi, suivi du mot : *Bon*, de la main de Louis XVI. — Minute d'une requête au roi. — Copie de la minute d'un arrêt du Conseil du 4 juin 1782, qui fait concession à M. de Polignac de la Baronie de Fenestrange. 6 ff. in-fol. Signé *Gojard.*

---

108. DESBORDES-VALMORE (Marceline). Lettres adressées à Théophile Bra, statuaire; 17 L. a. s. 1825-1838, in-8 et in-4.

Correspondance touchante et douloureuse avec son cousin. C'est tout l'état d'âme de la malheureuse femme : « *Je suis sous l'accablement d'une si grande tristesse ma chère Rosine, qu'il m'est difficile de soulever une plume pour vous le dire* » écrit-elle de Milan, le 25 juillet 1838, à sa cousine Mme Bra Ce sont des plaintes amères sur ce qu'elle appelle son « *mauvais sort* » et les « *Mille esclavages de sa position.* »

Réunion des plus intéressantes.

109. LAMARTINE (Alphonse de). L. a. s. à un ami 1er décembre 1856 (43 rue de la ville l'Evêque), 2 p. 1/2 in-8.

Il engage vivement son ami à se réabonner pour 1857 à la publication de ses « Entretiens ».

110. LEDRU-ROLLIN L. a. s. à un ami (M. Huré avocat à Douai), 26 octobre 1847, 1 p. in-4.

Il lui annonce qu'il espère caser une personne qu'il lui a recommandée.

111, MARIE. Avocat à Paris, membre du gouvernement provisoire en 1848, Ministre de la Justice. L. a. s. 2 août 1849, 2 p. 1/2 in-8.

Au sujet de la révocation de M. Quenson, conseiller à la cour de Douai. Curieuse lettre.

---

112. RECUEIL DE 114 FIGURES AU CRAYON DE COULEUR, exécuté sous le règne de Henri IV, dans le genre des recueils de portraits mis à la mode au XVIe siècle, et dont les principaux sont le recueil Montmor, à Aix, le recueil du Cabinet, à la Bibliothèque de Paris, le recueil Mariette, au château de Knowsley, le recueil des Arts et Métiers, dans la bibliothèque de cet établissement.

Aucun de ces recueils ne vaut par le mérite de l'art, mais ils sont très recherchés pour l'iconographie et comme un témoignage des goûts du temps, d'autant plus digne de curiosité qu'excessivement multipliés alors, il ne reste aujourd'hui qu'une vingtaine de ces recueils, dont plus de la moitié appartient à des bibliothèques publiques. L'originalité de celui-ci consiste en ce qu'au lieu de répéter, comme les autres, la suite des courtisans d'alors, il est formé de la série des Rois de France.

A cet égard il est unique.

Ces rois sont présentés au complet, quelques-uns avec leurs épouses, depuis Pharamond jusqu'à Henri IV. Jusqu'à une époque assez récente, cette série se compose de figures de fantaisie, où l'invention des traits et du costume, très différente de celle qu'on vit en cours, soit au XVIIIe siècle, soit sous Louis Philippe, fournit un curieux témoignagne de l'imagination rétrospective du temps.

Par un hommage à l'antiquité, non moins conforme aux idées d'alors, la suite des Douze Césars, prise d'après les médailles, sert d'introduction à nos Rois. A partir de Louis XI les portraits sont tirés d'originaux parfaitement reconnaissables, qui constituaient pour le copiste autant de sources authentiques. Louis XI est copié pour le visage d'après le portrait conservé autrefois chez Gaignières, qui est au baron Vittat, Charles VIII est d'après le tableau de Versailles, Louis XII d'après un type plusieurs fois reproduit dans les manuscrits à miniatures. Dans les traits de François Ier nous retrouvons le type d'un crayon de Chantilly; dans ceux de Henri II et de Charles IX des crayons de Clouet de la Bibliothèque de Paris; dans François II, le type de l'émail du Louvre; dans Henri III, dans Henri IV, d'autres crayons qui sont aux mêmes endroits. La figure de femme venant après le dernier, que la lettre ancienne donne pour Gabrielle d'Estrées, est la reine Marguerite (dite Margot), femme d'Henri IV. Précédemment sont les portraits parfaitement authentiques, des reines Eléonore et Claude, femmes de François Ier, et de Marie d'Angleterre, femme de Louis XII.

Cette dernière (fol. 104) constitue la pièce la plus curieuse de tout l'album.

Aucun des portraits de cette princesse contenus dans les autres recueils n'avait révélé l'original dont on a tiré celui-ci. On n'en trouve d'autres copies nulle part. Au point de vue iconographique, ce crayon est donc très important. Il nous présente la princesse dans son accoutrement de France, dessiné par Jean Perréal en 1514, au commandement de Louis XII, qui ne fut son mari que trois mois. On sait que François Ier, alors comte d'Angoulême et héritier du trône, lui fit la cour, et que sa mère, Louise de Savoie, l'en détournait, de peur qu'il n'en naquit un Dauphin.

Au recueil Montmor d'Aix, chargé de devises qu'une fausse tradition attribuait à François Ier, le portrait de Marie d'Angleterre porte celle-ci : *Plus fole que royne*; mais les traits qu'il présente cadrent assez mal avec ce caractère. La naïveté de l'exécution n'empêche pas de le reconnaître avec plus de vraisemblance ici.

Dimension du recueil, h. 375, l. 260. Les dessins sont collés au feuillet de l'album. La lettre sous chaque portrait, est une bâtarde du temps. Folioté au crayon à droite; reliure en basane de l'époque; au dos, ce titre moderne effacé : *Portraits au Crayon.*

III. LIVRES MODERNES ILLUSTRÉS

ET OUVRAGES DANS TOUS LES GENRES

113. ABRANTÈS (Duchesse d'). Mémoires de Madame la duchesse d'Abrantès, ou souvenirs historiques sur Napoléon, la Révolution, le Directoire, le Consulat, l'Empire et la Restauration. *Paris, Ladvocat et L. Maine*, 1831-1835, 18 vol. in-8, demi-veau olive, dos orné, tr. marb.

114. AICARD (Jean). Roi de Camargue. Illustrations de George Roux. *Paris, Testard*, 1890, in-8, demi-mar. vert olive, coins, dos orné, tête dorée, non rog., couv. cons.

115. ALBUM des monuments et de l'art ancien dans le Midi de la France. Publié sous la direction de M. Emile Cartailhac. *Toulouse, Edouard Privat*, 1897, in-4 en ff. dans 2 cartons, *48 planches.*

Tome Ier seul paru.

116. ALMANACHS. Réunion de 9 almanachs, in-18 et in-16, br., cart. et rel.

Hommage aux demoiselles, rédigé par Mme Dufrenoy. *Paris, Le Fuel, s. d.* (1822), in-18, cart. — Almanach du Trou-Madame, jeu très ancien et très connu et la cause de presque toutes les Révolutions. *Turin, Gay et fils*, 1870, in-16, br. — Etrennes aux Dames. *Paris, Charavay*, 1881, in-16, demi-mar. bleu, coins, dos orné, tête dorée, non rog., couv. (*Smeers-Engel*). — Petit almanach pour 1889. *Douai, s. d.*, in-16, cart. — Almanach Boutet pour les années 1889-90-91 et 92, 4 vol. in-18, cart., dans un étui.

117. APPERT (B.). Dix ans à la Cour du Roi Louis-Philippe et souvenirs du temps de l'Empire et de la Restauration. *Berlin, et Paris, J. Renouard et Cie,* 1846, 3 vol. in-8, br.

118. ARMSTRONG (Walter). Sir Joshua Reynolds, premier Président de l'Académie Royale de Londres, par Sir Walter Armstrong. Traduit par B.-H. Gausseron. Avec 78 photogravures et 6 fac-similés lithographiques en couleur. *Paris, Hachette et Cie,* 1901, gr. in-4, perc. rouge, tête dorée, non rog.

119. ARNAUT. Les souvenirs et les regrets du vieil amateur dramatique, ou lettres d'un oncle à son neveu sur l'ancien Théâtre-Français. Ouvrage orné de gravures coloriées, représentant en pied, d'après les miniatures originales, faites d'après nature, de Foëch de Basle et de Whirsker, ces différens acteurs dans les rôles où ils ont excellé. *Paris, Alphonse Leclère,* 1861, gr. in-12, mar. bleu jans., dent. int., tr. dor., *49 planches.*

120. BALZAC (H. de). Œuvres complètes de Balzac. *Paris, Michel Lévy frères,* 1875-1876, 24 vol. in-8, demi-chag. brun, tr. jasp.

On y a joint dans la même reliure : Répertoire de la Comédie humaine de H. de Balzac, par Cerfberr et Christophe. — Histoire des Œuvres de H. de Balzac par Charles de Lovenjoul. — L'Œuvre de H. de Balzac. Etude littéraire et philosophique sur la Comédie humaine, par M. Barsière. — Ens. 27 vol.

121. BALZAC (H. de). Le colonel Chabert, avec un portait et 6 compositions de Delort, gravés par Boisson. *Paris, Calmann-Lévy,* 1886, pet. in-8, demi-mar. vert, coins, dos orné, tête dorée, non rog., couv. cons. (*Smeers-Engel*).

De la collection Calmann-Lévy-Conquet.

122. BALZAC (H. de). Le Père Goriot, scènes de la vie parisienne, 10 compositions par Lynch, gravées à l'eau-forte par E. Abot. *Paris, A. Quantin,* 1885, in-8, demi-mar. rouge, coins, dos orné, tête dor., non rog., couv. cons. (*Smeers-Engel*).

De la collection des Chefs-d'œuvre du Roman contemporain.

123. BALZAC (H. de). La cousine Bette. 10 compositions par G. Caïn, gravées à l'eau-forte par Gaujean et Gery-Bichard. *Paris, A. Quantin,* 1888, in-8, demi-chag. rouge, coins, dos orné, tête dorée, non rog., 1er plat de la couv. cons.

De la collection des Chefs-d'œuvre du Roman contemporain.

124. BALZAC (H. de). La fille aux yeux d'or. Avec 32 aquarelles de Henri Gevex, reproduite par l'héliogravure en couleurs. *Paris, Calmann-Lévy*, 1898, in-4, br.

125. BANVILLE (Théodore de). Gringoire, comédie en 1 acte, en prose. Un portrait et 14 compositions de J. Wagrez, gravés à l'eau-forte par L. Boisson. *Paris, L. Carteret*, 1899, gr. in-8, br.

126. BARBEY D'AUREVILLY (J.). Les diaboliques. *Paris, E. Dentu*, 1874, in-12, demi-bas. rouge, tr. jasp.

Edition originale.

127. BARBEY D'AUREVILLY. Une Vieille Maîtresse. *Paris, Lemerre*, 1879, 2 vol. in-16, demi-mar. vert, coins, dos orné, couv. cons. (*Smeers-Engel*).

Exemplaire auquel on a joint la suite de 11 eaux-fortes originales de F. Buhot, sur papier vélin.

128. BARBIER. Chronique de la Régence et du règne de Louis XV (1718-1763), ou Journal de Barbier, avocat au Parlement de Paris. *Paris, Charpentier*, 1866, 8 vol. in-12, demi-chag. bleu, tr. jasp.

129. BARRAS. Mémoires de Barras, membre du Directoire. Publiés avec une introduction générale, des préfaces et des appendices, par George Duruy. *Paris, Hachette et Cie*, 1895-1896, 4 vol. in-8, demi-perc. orange, tête rouge, non rog., couv. cons., *portraits et cartes*.

130. BASSANO. Le Duc de Bassano, souvenirs intimes de la Révolution et de l'Empire. Recueillis et publiés par Madame Charlotte de Sor. *Paris, L. de Potter*, 1843, 2 vol. in-8, demi-chag. rouge, non rog., *mouillures*.

131. BAUDELAIRE (Charles, Les fleurs du Mal. *Paris, Poulet-Malassis et de Broise*, 1857, in-12, demi-mar. rouge, coins, dos orné, tête dorée, non rog. (*Raparlier*).

137. BAUSSET (L.-F.-J. de). Mémoires anecdotiques sur l'intérieur du Palais et sur quelques événenemens de l'Empire, depuis

1805 jusqu'en 1816, pour servir à l'histoire de Napoléon. Avec 2 portraits et cent-vingt fac-similé. *Paris, Baudouin frères*, 1827-1829, 4 vol. in-8, demi-perc. verte, tête jasp., non rog., *portraits et figures.*

133. BEAUTÉS DE L'OPÉRA (Les) ou Chefs-d'œuvre lyriques, illustrés par les premiers artistes de Paris et de Londres, sous la direction de Giraldon, avec un texte explicatif rédigé par Théophile Gautier, Jules Janin et Philarète Chasles. *Paris, Soulié*, 1845, gr. in-8, demi-mar. rouge, coins, dos orné, tête dorée, non rog. (*Allô*).

Illustré de 10 portraits gravés sur acier et de nombreuses figures dans le texte.

134. BÉRALDI (Henri). La Reliure du XIXe siècle. *Paris, L. Conquet*, 1895, 4 vol. gr. in-8, br., *283 reproductions de reliures.*

135. BERNARD (Charles de). Gerfaut. — Dix illustrations d'Adolphe Weisz, gravées à l'eau-forte par H. Manesse. *Paris, A. Quantin*, 1889, in-8, demi-mar. bleu, coins, dos orné, tête dorée, non rog., couv. cons.

De la collection des Chefs-d'œuvre du Roman contemporain.

136. BIBLIOPHILE FRANÇAIS (Le). Gazette illustrée des amateurs de livres, d'estampes et de haute curiosité. *Paris, Bachelin-Deflorenne*, 1868-1873, 7 vol. gr. in-8, demi-chag. brun, tr. jasp., *planches.*

137. BIBLIOPHILIE (Ouvrages relatifs à la). Réunion de 31 vol. in-12, et gr. in-8, rel. et br.

LALANNE (L.). Curiosités bibliographiques. *Paris*, 1857, in-12, br. — JULLIEN (A.). Le romantisme et l'éditeur Renduel. *Paris*, 1897, in-12, br., fig. — FOURNIER (Ed.). L'art de la reliure en France aux derniers siècles. *Paris*, 1888, in-12, br. — RICHARD (J.). L'art de former une bibliothèque. *Paris*, 1883, in-8, br. — MONSELET (Th.). Curiosités littéraires et bibliographiques. *Paris*, 1890, in-12, demi-perc., tête rouge, non rog., couv. — PIÉDAGNEL (A.). Un bouquiniste bien parisien. Le père Lécureux. *Paris*, 1878, in-8, demi-mar., coins, dos orné, tête dorée, non rog., *front.* — LE PETIT (J.). L'art d'aimer les livres et de les connaître. *Paris*, 1884, in-8, demi-chag., coins, dos orné, tête dorée, non rog., couv. — UZANNE (O.). Nos amis les livres. *Paris*, 1886, in-12, br. — UZANNE (O.). Les zigzags d'un curieux

Paris, 1888, in-12, br. — Uzanne (O.). Caprices d'un bibliophile *Paris*, 1878, in-8, demi-chagr., coins, dos orné, tête dor., n. rog., *front.* — Le même, cart., couv. — Quentin-Bauchart (E.). Bibliothèque de la reine Marie-Antoinette au Château des Tuileries. *Paris*, 1884, pet. in-12, demi-chag., coins, tête dor., non rog., couv. — Rouveyre (Ed.). Connaissances nécessaires à un bibliophile. 3e édit. *Paris*, 1879, 2 vol. in-8, demi-chag., coins, dos orné, tête dor., non rog., couv. — Quentin-Bauchart (E.). A travers les livres, souvenirs d'outre-tombe. *Paris*, 1895, in-8, br. — Cim (A.). Une bibliothèque. L'art d'acheter les livres, de les classer, de les conserver et de s'en servir. *Paris*, 1902, in-8, br. — Beauchamps (J. de) et Ed. Rouveyre. Guide du libraire-antiquaire et du bibliophile. *Paris*, *s. d.*, in-8, br. — Delteil (L.). Manuel de l'amateur d'estampes du xviiie siècle. *Paris*, *s. d.*, in-8, br., *fig.* — Bosquet (E.). Traité théorique et pratique de l'art du relieur. *Paris*, 1890, in-8, br., *fig.* — Crottet. Supplément à la 5e édition du guide de l'amateur de livres à figures du xviiie siècle. *Amsterdam*, 1890, gr. in-8, br. — Drujon (F.). Catalogue des ouvrages, écrits et desssins de toute nature poursuivis, supprimés ou condamnés. *Paris*, 1879, gr. in-8, demi-chag., coins, dos orné, tête dorée, non rog., couv. — Description historique et critique. 1° du livre de prières de la Reine Claude de France. 2° d'un chansonnier manuscrit du xvie siècle. *Paris*, 1897, in-8, br. — Causeries d'un ami des livres. Les éditions originales des romantiques. *Paris*, 1886, 5 fasc. in-8, br. — Catalogue des livres rares et précieux composant la bibliothèque de feu M. Jacques-Charles Brunet. *Paris*, 1868, in-8, br. — 3 albums de reproductions de reliures.

138. BIBLIOTHÈQUE ARTISTIQUE MODERNE. *Paris, Librairie des Bibliophiles*, 10 vol. in-8, rel. et br.

I. About (Edmond). Le Roi des Montagnes. Dessins de Ch. Delort, gravés par Mongin. 1883, demi-mar. vert, coins, tête dorée, non rog., couv. cons. (*Ritter*).

II. Barbey d'Aurevilly (J.). Le Chevalier des Touches. Dessins de Julien Le Blant, gravés par Champollion. 1886, même reliure.

III. Gautier (Théophile). Le Capitaine Fracasse. Dessins de Ch. Delort, gravés par Mongin. 1884, 3 vol., même reliure mar. bleu.

IV. Mérimée (Prosper). Nouvelles. La Mosaïque. Dessins de Aranda, de Beaumont, Bramtot, Le Blant, Merson, Myrbach, Sinibaldi. 1887, broché.

V. Nerval (Gérard de). Les filles du Feu. Sylvie, Jemmy, Octavie, Isis, Emilie. Dessins d'Emile Adan, gravés à l'eau-forte par Le Rat. 1888, demi-chag. noir, coins, dos orné, tête dorée, non rog., 1er plat de la couv.

VI. Vigny (Alfred de). Servitude et Grandeur militaires. Dessins de J. Le Blant, gravés par Champollion. 1885, demi-mar. vert, coins, dos orné, tête dorée, non rog., couv. cons. (*Smeers-Engel*).

VII. Zola (Emile). Une page d'amour. Dessins d'Edouard Dantan, gravés par A. Duvivier. 1884, 2 vol., même reliure.

139. BIBLIOTHÈQUE ARTISTIQUE (Petite). *Paris, Librairie des Bibliophiles*, 57 vol. in-12, reliés.

I. Boccace (J.). Les Dix journées de Jean Boccace. Traduction de Le Maçon. Onze eaux-fortes par Flameng. 1873, 4 vol. in-12, demi-chag. rouge, coins, dos ornés, tètes dorées, non rog.

II. Brillat-Savarin. Physologie du Goût, avec une préface par Ch. Monselet. Eaux-fortes par Ad. Lalauze. 1879, 2 vol. in-12, demi-chag. rouge, coins, dos ornés, têtes dorées, non rog.

III. Caquets de l'Accouchée (Les), publiés par D. Jouaust avec une préface par L. Ulbach. Eaux-fortes par Ad. Lalauze. 1888, in-12, demi-mar. vert, coins, dos orné, tête dorée, non rog. 1er plat de la couv. cons,

IV. Cent nouvelles nouvelles (Les dix dizaines des). Dessins gravés de Jules Garnier. 1874, 4 vol. in-12, demi-chag. rouge, coins, dos ornés, têtes dorées, non rog.

V. Cervantès. L'Histoire de Don Quichotte de la Manche. Dessins de J. Worms, gravés à l'eau-forte par de Los Rios. 1884, 6 vol. in-12, demi-maroq. rouge, coins, dos ornés, têtes dorées, non rog. couv. cons. (*Smeers*).

VI. Goethe. Les Souffrances du jeune Werther. Eaux-fortes de Lalauze. 1886, in-12, demi-mar. brun, coins, dos orné, tête dorée, non rog., couv. cons. (*Ritter*).

VII. Goldsmith. Le Vicaire de Wakefield. Eaux-fortes par Ad. Lalauze. 1888, 2 vol. in-12, demi-mar. vert, coins, dos ornés, têtes dorées, non rog., 1er plat de la couv. cons.

VIII. La Fontaine. Contes de la Fontaine. Dessins d'Ed. de Beaumont, gravés à l'eau-forte par Boilvin. 1885, 2 vol. in-12, demi-mar. bleu, coins, dos ornés, têtes dorées, non rog., couv. cons. (*Smeers, Engel*).

IX. Le Sage. Histoire de Gil Blas de Santillane. Treize eaux-fortes de R. de Los Rios. 1879, 4 vol. in-12, demi-chagr. brun, coins, dos ornés, têtes dorées, non rog.

X. Maistre (Xavier de). Voyage autour de ma chambre, suivi de l'Expédition nocturne. Six eaux-fortes par Hédouin. 1877, in-12, demi-chag. brun, coins, tête dorée, non rog., 1er plat de la couv. cons.

XI. Marguerite de Navarre. Les sept journées de la Reine de Navarre, suivies de la huitième. Planches à l'eau-forte par Flameng. 1872, 4 vol. in-12, demi-mar. orange, coins, dos ornés mos., têtes dorées, non rog. (*Durvand*).

XII. Montesquieu. Lettres persanes. Dessins d'Ed. de Beaumont, gravés à l'eau-forte par Boilvin. 1886, 2 vol, in-12, demi-mar. citron, coins, dos ornés mos., têtes dorées, non rog., couv. cons. (*Smeers-Engel*).

XIII. Pellico (Silvio). Mes prisons. Dessins de Bramtot, gravés par Toussaint. 1887, in-12, demi-mar. bleu, coins, dos orné, tête dorée, non rog.. 1er plat de la couv. cons.

XIV. Prévost (L'Abbé). Histoire de Manon Lescaut et du chevalier des Grieux. Six eaux-fortes par Hédouin. 1874, 2 vol. in-12, demi-chag. rouge, coins, têtes dorées, non rog.

XV. Rabelais. Les cinq livres de Fr. Rabelais. Onze eaux-fortes par E. Boilvin. 1876, 5 vol. in-12, mar. brun jans., doublé de moire rouge, dent. int., tr. dor. (*Knecht*).

XVI. Rousseau (J.-J.). Les Confessions. Treize eaux-fortes, par Ed. Hédouin. 1881, 4 vol. in-12, demi-chag. rouge, coins, dos ornés, têtes dorées, non rog.

XVII. St Pierre. Paul et Virginie. Eaux-fortes de Laguillermie. 1878, in-12, demi-chag. brun, coins, dos orné, tête dorée, non rog., 1er plat de la couv. cons.

XVIII. Scarron. Le Roman comique. Eaux-fortes par L. Flameng. 1880, in-12, demi-mar. orange, coins, dos orné, tête dorée, non rog., couv. cons. (*Ritter*).

XIX. Staal (Mme de). Mémoires de Madame de Staal, De Launay. Quarante et une eaux-fortes par Ad. Lalauze. 1890, 2 vol. in-12, demi-mar. bleu, coins, dos ornés mos., têtes dorées, non rog., 1er plat de la couv. cons.

XX. Serne. Voyage sentimental en France et en Italie. Six eaux-fortes par Ed. Hédouin. 1875, in-12, demi-chag. brun, coins, tête dorée, non rog., 1er plat de la couv. cons.

XX bis. Le Même, in-8, demi-chag. brun, coins, tête dorée, non rog.

XXI. Swift. Les quatres voyages du Capitaine Lemuel Gulliver. Gravures à l'eau-forte par Lalauze. 1875. 4 vol. in-12, demi-chag. rouge, coins, têtes dorées, non rog., 1er plat de la couv. cons.

140. BIBLIOTHÈQUE CLASSIQUE (Nouvelle). *Paris, Librairie des Bibliophiles*, 1876-1885, 16 vol. in-8, br.

Paul Louis Courrier. Œuvres, 3 vol., *portrait*. — J. Fr. Régnard. Théâtre, 2 vol., *portrait*. — Mathurin Régnier. Œuvres, 1 vol., *portrait*. — N. Chamfort. Œuvres choisies, 2 vol.. *portrait*. — A. Rivarol. Œuvres choisies, 2 vol., *portrait*. — Marivaux. Théâtre, 2 vol. *portrait*. — Rabelais. Les cinq livres de Rabelais, 4 vol., portrait.

141. BIBLIOTHÈQUE DES MÉMOIRES. *Paris, Librairie des Bibliophiles*, 1876-1891, 13 vol. in-12, demi-perc. verte, têtes rouges, non rog., couv. cons.

Hamilton. Mémoires du Chevalier de Grammont (demi-chag. sans couv.). — Mémoires de l'abbé Choisy pour servir à l'histoire de Louis XIV, 2 vol. — Mémoires d'Agrippa d'Aubigné, 1 vol. — Mémoires sur la Bastille. Linguet. Dusaulx, 1 vol. — Mémoires de Louvet de Couvrai sur la Révolution française, 2 vol. — Mémoires de la Duchesse de Brancas, 1 vol. — Mémoires de Mme de la Fayette, 1 vol. — Mémoires de Marmontel, 3 vol.

142. BLANC (Charles). Histoire des peintres de toutes les écoles. *Paris, Renouard*, 1865-1883, 6 vol. in-4, demi-chag. rouge, coins, dos ornés, têtes dorées, non rog.

Ecole française, 3 vol. Ecole flamande, 1 vol. Ecole hollandaise. 2 vol.

143. BOCCACE. Les dix journées de Jean Boccace. Traduction de Le Maçon, réimprimée par les soins de D. Jouaust, avec notice, notes et glossaire par Paul Lacroix. Onze eaux-fortes par Flameng. *Paris, Librairie des Bibliophiles*, 1873, 4 vol. in-8, mar. orange, enc. de fil. et fleurons sur les plats, dent. int., dos ornés, tr. dor. (*Hardy*).

De la Petite Bibliothèque artistique

Un des 15 exemplaires sur papier de Chine, contenant les épreuves des gravures avant la lettre.

144. BOCCACE. Le Décaméron de Jean Bocace, traduict d'italien en françoys par maistre Antoine Le Maçon, avec notice, notes et glossaire par Frédéric Dillaye. *Paris, Lemerre*, 1882-1884, 5 vol. in-16, demi-mar. vert, coins, dos ornés, têtes dorées, non rog., couv. cons. *Portrait*. (*Smeers-Engel*.)

145. BONAPARTE. Mémoires de Louis Bonaparte, sur sa vie et sur son règne, ou documents historiques et politiques, anecdotes peu connues et particularités sècrètes sur la Hollande, disputée par la France et l'Angleterre, sur les choses de l'Empire et sur les relations de Napoléon avec sa famille. *Paris, Landois et Compagnie*, 1836, 3 vol. in-8, demi-perc. verte, têtes jasp., non rog.

146. BONNART. Histoire de Médard Bonnart, Chevalier des ordres royaux et militaires de Saint-Louis et de la Légion d'honneur, capitaine de Gendarmerie en retraite. *A Epernai, chez Mme Vve Fiévet*, 1828, 2 vol. in-8, demi-perc. vert olive, têtes jasp., non rog. (*Piqûres*).

147. BOUCHOT (Henri). Catherine de Médicis. *Paris, Boussod, Mauzi, Joyant et Cie*, 1899, in-8, mar brun, fers spéciaux, tr. dorées, couv. cons. (*Durvand*).

Illustré de 1 frontispice colorié à la poupée et retouché au pinceau, 4 en-têtes, 4 culs-de-lampe et 40 planches hors texte, en héliogravure.

148. BOURGEOIS (Emile). Le Grand Siècle. — Louis XIV. — Les Arts. — Les Idées. D'après Voltaire, Saint-Simon, Spanheim, Dangeau, Madame de Sévigné, Choisy, La Bruyère, Laporte, Le Mercure de France, la Princesse Palatine, etc.. *Paris, Hachette et Cie*, 1896, in-4, br., *22 planches hors texte.*

149. BRIVOIS (Jules). Guide de l'amateur. Bibliographie des ouvrages illustrés du XIXe siècle, principalement des livres à gravures sur bois. *Paris, L. Conquet*, 1883, in-8, demi-mar. brun, coins, dos orné, tête dorée, non rog.

150. BUONAPARTE, sa famille et sa cour. Anecdotes secrètes sur quelques personnages qui ont marqué au commencement du XIXe siècle, par un Chambellan forcé à l'être. *Paris, Ménard et Desenne*, 1816, 2 vol. in-8, demi-toile, tr. jasp.

151. CABANES (D[r]). Réunion de 15 vol. in-12 et in-8, br.

Les Morts mystérieuses de l'histoire (1re série). — Les indiscrétions de l'histoire (1re. 4e, 5e et 6e séries). — Mœurs intimes du passe (1re, 2e et 3e séries), — Poisons et sortilèges, 2 vol. — La névrose révolutionnaire. — Napoléon jugé par un Anglais. — Balzac ignoré. — Murat inconnu.

152. CAMPAGNES de 1812 et 1813. Réunion de 15 vol. in-8, br. et rel.

Chapuis : Bérézina. *Paris*, 1857, in-8, demi-perc. non rog. — Comte de Ségur. Histoire de Napoléon et de la Grande-Armée pendant l'année 1812. *Paris*, 1835, in-8, demi-bas., tr. jasp. — Baron Fain. Manuscrit de Mil huit cent douze. *Paris*, 1827, 2 vol. in-8, demi-veau bleu, tr. marb. — De Pradt. Histoire de l'ambassade dans le Grand Duché de Varsovie en 1812. *Paris*, 1815, in-8, cart. — Comte Roman Soltyk. Napoléon en 1812. *Paris*, 1836, in-8, demi-veau, tr. jasp. — Eug. Labaume. Relation circonstanciée de la campagne de Russie. *Paris*, 1814, in-8, veau ant., tr. marb. — Léon Tolstoï. Napoléon et la campagne de Russie. *Paris*, 1888, in-12, demi-perc., non rog. — Mémoires pour servir à l'histoire de la guerre entre la France et la Russie en 1812. *Paris*, 1817, in-4 et atlas, demi-perc., non rog. — Baron Fain. Manuscrit de Mil huit cent treize. *Paris*, 1824, 2 vol. in-8, demi-veau, tr. marb. — Camille Rousset. La Grande-Armée de 1813. *Paris*, 1892, in-12, demi-perc., non rog. — Georges Bertin. Campagnes de 1812-1813-1814. *Paris, s. d.*, 3 vol. in-8, br.

153. CÉRAMIQUE (Ouvrages relatifs à la). Réunion de 7 vol. in-12 et gr. in-8, rel. et br.

Jacquemart. Les merveilles de la Céramique, 2e édition. *Paris, Hachette*, 1868-1871, 3 vol. in-12, br. — Martin (A.). Faïences et porlaines, 37 dessins et 195 monogrammes. *Paris, Hennuyer*, 1886, in-8, demi-chag. rouge, coins, dos orné, tête dorée, non rog., couv. — Ris-Paquot. La Céramique enseignée par la reproduction et la vue de ses différents produits. *Paris, Laurens*, 1888, gr. in-8, demi-chag. brun, coins, dos orné, tête dorée, non rog., *46 planches* et *figures*. — Garnier (Ed.). Histoire de la céramique, poteries, faïences et porcelaines, chez tous les peuples, depuis les temps anciens jusqu'à nos jours. Deuxième édition. *Tours, Mame*, 1882, gr. in-8, demi-chag. brun, tête dorée, non rog., couv., *planches*. — Garnier (Ed.). Guide du collectionneur. Dictionnaire de la céramique, faïences, grès, poteries. Vingt planches en couleurs. *Paris, librairie de l'Art, s. d.*, gr. in-8, br.

154. CERVANTÈS. L'ingénieux Hidalgo Don Quichotte de la Manche, par Miguel de Cervantès Saavedra, traduit et annoté par Louis Viardot. Vignettes de Tony Johannot. *Paris, J.-J. Dubochet et Cie*, 1836-1837, 2 vol. gr. in-8, demi-veau brun, non rog.

Premier tirage.

155. CHAMPFLEURY. Le Violon de Faïence. Dessins en couleur par Emile Renard, de la manufacture de Sèvres; eaux-fortes par J. Adeline. *Paris, E. Dentu*, 1877, in-8, demi-chag. brun, coins, dos orné, tête dorée. non rog.

156. CHEFS-D'ŒUVRE (Les Petits). *Paris, Librairie des Bibliophiles*, 1875-1891, 14 vol. in-12, demi-chag. rouge, coins, dos ornés, têtes dorées, non rog., couv. et br.

Lettres portugaises. — La Farce de Maître Pathelin. — Mémoires de Ch. Perrault. — Discours sur les passions de l'Amour, de Pascal. — Contes de Hégésippe Moreau. — Conseils à une amie, par Mme de Puysieux. — Mademoiselle de Combes, par Fléchier. — Les matinées du Roi de Prusse. — Œuvres choisies de J. Dorat. — Anecdotes sur le maréchal de Richelieu, par C. de Rulhière. — J.-J. Rousseau. Du Contrat social. — Marivaux. La surprise de l'amour. — Lamennais. Paroles d'un croyant. — Œuvres choisies du Chevalier de Bonnard.

157. CHEFS-D'ŒUVRE INCONNUS (Les). *Paris, Librairie des Bibliophhiles*, 1879-1890, 22 vol. in-12, demi-mar. bleu,

coins, dos ornés, têtes dorées, non rog., couv., (*Smeers-Engel*), et brochés.

BASTIDE. La Petite Maison. — ALEMBERT (d'). Le tombeau de Mlle de Lespinasse. — MONTESQUIEU. Le voyage à Paphos. — VOISENON. Anecdotes littéraires. — LA CHAUSSÉE. Contes et Poésies. — Les Aventures du faux chevalier de Warwick. — RESTIF DE LA BRETONNE. Louise et Thérèse. — VILLETERQUE. Les veillées d'un malade. — Les Porcherons. — Les annales amusantes. — MEUSNIER DE QUERLON. Psaphion ou la Courtisane de Smyrne et les Hommes de Prométhée. — L'abbé COYER. Bagatelles morales. — Mme d'EPINAY. L'amitié de deux jolies femmes. — BAILLEUL. Almanach des bizarreries humaines. — MEUSNIER DE QUERLON. Les soupers de Daphné. — Paris au XVIIIe. Les promenades à la mode. — DUCLOS. Les confessions de Comte de***. — HÉRAULT DE SECHELLES. Voyage à Montbard.

Tous ces volumes sont ornés chacun d'une eau-forte de Ad. Lalauze.

158. CHORIER (Nicolas). Les dialogues de Luisa Sigea, ou Satire Sotadique. *Paris*, *Liseux*, 1881, 4 vol. in-16, demi-chag., coins, têtes dorées, non rog., couv. — DE SODOMIA tractatus in quo exponitur doctrina nova de Sodomia Fœminarum à Tribadismo distincta. *Parisiis*, *Isidorum Liseux*, in-16, demi-chag., coins, non rog. — LA MOTHE LE VAYER. Soliloques sceptiques. *Paris*, *Liseux*, 1875, in-16, demi-vélin blanc, coins, non rog. — POGGE. Les Bains de Bade au xve siècle. *Paris*, *Liseux*, 1876, in-16, mar. vert jans., dent. int., tr. dor. (*Marius Michel*). — Ens. 7 vol.

159. CHUQUET (Arthur). Réunion de 18 vol. in-12 et in-8, rel. et br.

Jemmapes et la Conquête de la Belgique (1792-1793). — Mayence (1792-1793). — Valenciennes (1793). — La trahison de Dumouriez. — L'expédition de Custine. — Wissembourg (1793). — Hoche et la lutte pour l'Alsace (1793-1794). — La première invasion prussienne (11 aout-2 septembre 1792). — Valmy. — La retraite de Brunswick. — La jeunesse de Napoléon. La Révolution. — Mémoires du Général Griois (1792-1822), 2 vol., portrait. — Un prince jacobin. Charles de Hesse ou le Général Marat. — Dugommier (1738-1794), portrait. — Paris en 1790. Voyage de Halem. — L'Alsace en 1814. — Etudes d'histoire (1re série).

160. CLARETIE (Jules). La canne de M. Michelet. — Promenades et Souvenirs. — Préface par Alfred Mézières, 12 compositions de P. Jaset, gravées à l'eau-forte par H. Toussaint.

Paris, L. Conquet, 1886, in-8, demi-mar. rouge, coins, dos orné, tête dorée, non rog., couv. cons. (*Ritter*).

161. CLARETIE (Jules). Monsieur le Ministre. — Dix compositions par Adrien Marie, gravées à l'eau-forte par Wallet. — Edition nouvelle avec une préface inédite. *Paris, A. Quantin, s. d.*, in-8, demi-mar. rouge, coins, dos orné, tête dorée, non rog., couv. cons.

De la collection des Chefs-d'œuvre du Roman contemporain.

162. COHEN (Henry). Guide de l'amateur de livres à gravures du XVIIIe siècle. Cinquième édition revue, corrigée et considérablement augmentée par le Baron Roger de Portalis. *Paris, Rouquette*, 1886, in-8, demi-rel. mar. vert, avec coins, dos orné, tête dorée, non rog., couv. cons.

163. COLBERT. Traditions et souvenirs, ou Mémoires touchant le temps et la vie du Général Auguste Colbert (1793-1809), par N.-J. Colbert, marquis de Chabanais (son fils). *Paris, Firmin-Didot frères, fils et Cie*, 1863-1873, 5 vol. gr. in-8, demi-perc. ardoise, têtes jasp., non rog., *cartes*.

164. COLLECTION ANTIQUE. *Paris, A. Quantin*, 1878-1889, 14 vol. in-16, mar. rouge, dos ornés, enc. de filets sur les plats, dent. int., têtes dorées, non rog. (*Bauser*) et 1 broché.

Longus. Daphnis et Chloé. — Apulée. L'Amour et Psyché. — Musée. Héro et Léandre. — Ovide. Les Amours. — Tatius. Leucippe et Clitophon. — Lucien. Dialogues des Courtisanes. — Virgile. Les Bucholiques. — Anacréon et Sapho. Poésies. — Apollonius de Rhodes. Jason et Médée. — Horace. Odes et Epodes. — Théocrite. Les Idylles. — Properce. Les Elégies. — Lucius. L'Ane. — Catulle. Odes à Lesbie (broché).

165. COLLECTION GAY. Réunion de 28 vol. in-16 et in-12, br. et rel.

Le poète extravagant avec l'assemblée des filoux et des filles de joye. — Sermon pour la consolation des cocus, prononcé au sujet de A*** B***, cocu par Arrêst. — Les portraits des plus belles dames de Montpellier. — Les citrons de Javotte, scène de carnaval, en vers. — Lettre sur la comédie de l'Imposteur, attribuée à Molière lui-même. — L'Impromptu de l'hostel de Condé, comédie en un acte, en vers. — Le chancre ou couvre-sein féminin; ensemble, le voile ou couvre-chef féminin. — Le moine sécularisé. — Le mariage sans mariage, comédie en cinq actes et en vers. — Les fragments de Molière, comédie en deux actes et en prose. — Les véritables prétieuses, comédie. — Discours prononcé par Mademoiselle Perrette de la Babille, dans la grand'salle de Tourne-à-tous vents. — Les amours de calotin, comédie en trois actes et en vers. — La guerre comique ou la défense de l'école des femmes. — L'enfer burlesque. Le mariage de Belphégor et les épitaphes de M. de Molière. — Facéties révolutionnaires sur Mme de Polignac. — La sphère de la lune, composée de la tête de la femme, par Mlle de B****, *frontispice de Rops*. — Le double cocu, histoire galante. — L'Arétin, sa vie et ses écrits. — Le vespillon adultère, ou le triomphe de l'innocence, tragédie par MM***. Musique de M***. Frontispice romantique de M***. (*Un des 4 ex. num. sur papier de Chine*). — Le papillon de Cupido. (*Un des 4 ex. num. sur papier de Chine*). — La néphilococugie ou la miee de cocuz. (*Un des 4 ex. num. sur papier de Chine*). — Les gracieuses amours de Pierre Dupuis et de la grosse Guillemette. — Recueil de vraye posie françoise, in-16 (*Un des 4 ex. num. sur papier de Chine*). — Le songe du resveur. — Le diable dupé par les femmes, *frontispice de F. Rops*. — De tribus impostoribus. — Contes à rire, de Collier, *frontispice*.

166. CONSTANT. Mémoires de Constant, premier valet de chambre de l'Empereur, sur la vie privée de Napoléon, sa famille et sa cour. *Paris, Ladvocat*, 1830, 6 vol. in-8, demi-veau fauve, tr. jasp. (*Mouillures*).

167. COPPÉE (François). Le Passant, comédie en un acte, en vers. Reproduction en fac-simile du manuscrit de l'auteur et d'une page de musique de J. Massenet. Compositions de Louis-Edouard Fournier. Eaux-fortes de Léon Boisson. *Paris, Magnier*, 1897, in-8, br.

De la Collection des Dix.

168. COUSINES DE LA COLONELLE (Les), par Madame la Vicomtesse de Cœur-Brulant. *Lisbonne, chez Antonio da Boa Vista, s. d.*, in-12, demi-chag. vert, coins, dos orné, tête dorée, non rog., couv. cons.

Frontispice de Félicien Rops.

169. DANGEAU (Marquis de). Journal du Marquis de Dangeau, publié en entier pour la première fois par MM. Soulié, Dussieux, de Chennevières, Mantz, de Montaiglon, avec les additions inédites du duc de Saint-Simon, publiées par M. Feuillet de Conches. *Paris, Firmin-Didot frères*, 1854-1860, 19 vol. in-8, demi-chag. brun, tr. jasp.

170. DAUDET (Alphouse). Œuvres complètes de Alphonse Daudet. Edition définitive illustrée de gravures à l'eau-forte d'après les dessins de Emile Adan, A. Dawant, Gorguet, P.-A. Laurens et C. Léandre. *Paris, Houssiaux,* 1899-1901, 18 vol in-8, br. (*Manque le T. I des Contes et nouvelles*).

171. DAUDET (Alphonse). Œuvres complètes de Alphonse Daudet. Edition illustrée de dessins de Dagnan-Bouveret, Delort, Ad. Marie, Jeanniot, Ed. Marty et G. Alaux, reproduits en fac-simile par l'héliogravure Dujardin. *Paris, E. Dentu et G. Charpentier*, 1881-1886, 7 vol. in-8, br.

172. DAUDET (Alphonse). Contes et récits. Illustrations de Gill, Sahib, Fleury, Crafty, etc. *Paris, Polo, s. d.*, in-8, demi-chag. rouge, tr. jasp.

Premier tirage. Bon exemplaire avec la planche interdite par la censure : *la Partie de billard,* qui ne se trouve que dans très peu d'exemplaires.

173. DAUDET (Alphonse). Contes choisis. Avec sept eaux-fortes par E. Burnand. *Paris, Librairie des Bibliophiles*, 1883, gr. in-8, br.

Un des 200 exemplaires numérotés sur grand papier vélin de Hollande à la forme.

174. DAUDET (Alphonse). Fromont jeune et Risler aîné. Mœurs parisiennes. — Notice littéraire par Gustave Geffroy. Douze compositions de Em. Bayard, gravées à l'eau-forte par J. Massard. *Paris, L. Conquet*, 1885, 2 vol. in-8, demi-chag. rouge, coins, dos ornés, têtes dorées, non rog., couv. cons.

175. DAUDET (Alphonse). Fromont jeune et Risler aîné. Avec de nombreuses illustrations par Georges Roux, gravées sur bois par Froment et Hamel. *Paris, Testard*, 1894, gr. in-8, demi-rel. mar. vert olive, avec coins, dos orné, tête dorée, non rog., couv. cons.

Edition de luxe accompagnée d'une suite de 20 eaux-fortes, gravées par F. Desmoulin d'après les dessins de G. Roux.

176. DAUDET (Alphonse). Aventures prodigieuses de Tarta-

rin de Tarascon. *Paris, E. Dentu*, 1887, in-8, demi-mar. vert, coins, dos orné, tête dorée, non rog., couv. cons. (*Ritter*).

Exemplaire sur papier du Japon.

177. DAUDET (Alphonse). Tartarin de Tarascon. Illustré par J. Girardet, Montégut, de Myrbach, Picard, Rossi; gravure de Guillaume frères et Cie. *Paris, Marpon et Flammarion*, 1887, in-12, demi-mar. bleu, coins, dos orné, tête dorée, non rog., couv. ill. cons. (*Ritter*).

De la collection Guillaume. — Premier tirage.
Un des 100 exemplaires nnmérotés sur papier du Japon.

178. DAUDET (Alphonse). Sapho. Mœurs parisiennes. — Dix illustrations de Rejchan, gravées à l'eau-forte par Abot et Duvivier. Vignettes dans le texte par G. Montégut. *Paris, A. Quantin*, 1888, gr. in-8, mar. vert doublé de mar. La Vallière, enc. de filets sur le dos, les plats et à l'int., garde de soie brochée, tr. dor. sur fausses marges, couv. cons. (*David*).

De la collection des Chefs-d'Œuvre du Roman contemporain.
Un des 50 exemplaires numérotés sur papier du Japon, contenant les gravures en 2 états : avant la lettre avec remarque sur papier du Japon et avec la lettre sur papier vélin.
Exemplaire orné, sur le faux titre, D'UNE AQUARELLE ORIGINALE de Rejchan, l'illustrateur du livre.

179. DEHAISNES (Mgr.). Le Nord monumental et artistique, publié par Mgr Dehaisnes, sous les auspices de la Société des Sciences de Lille. — Cent phototypies. *Lille, Imp. L. Danel*, 1897, un vol. et un album pet. in-4 carré, br. et dans un carton.

180. DELVAU (Alfred). Les Heures parisiennes. — 25 eaux-fortes d'Emile Bénassit. *Paris, Marpon et F. Flammarion*, 1882, in-12 carré, demi-chag. rouge, coins, dos orné, tête dorée, non rog., couv. cons.

Exemplaire contenant la planche de *Minuit* avant les hachures.

181. DELVAU (Alfred.) Dictionnaire érotique moderne, par un professeur de langue verte. *Bâle, Imprimerie de K. Schmidt, s. d.*, in-12, papier vergé, demi-chag. rouge, coins, dos orné, tête dorée, non rog., *frontispice de Félicien Rops*. — MIRABEAU. Erotika Biblion. *Bruxelles, chez tous les Libraires*, 1783-1867,

in-12, demi-chag. rouge, tr. jasp., *portrait.* — PIERRUGUES (P.). Glossarium eroticum linguæ latinæ, etc.... *Parisiis, Dondey-Dupré*, 1826, in-8, demi-chag. rouge, tr. jasp. — Ens. 3 vol.

182. DEROME (L.). La réliure de luxe, le livre et l'amateur. Illustrations inédites, reproduites d'après les types originaux par Aron frères, et dessins de G. Fraipont, C. Kurner, M. Perret. Frontispice, reliure peinte par J. Adeline. *Paris, Rouveyre*, 1888, gr. in-8, demi-mar. brun foncé, coins, dos orné mos., tête dorée, non rog., couv. cons. (*Ritter*).

Illustré de 65 planches hors texte, reproduisant des reliures.

183. DESFORGES (P.-J.-B. Choudard). Le Poète, mémoires d'un homme de lettres, écrits par lui-même. Précédé d'une notice et de la clef des noms des principaux personnages. *Bruxelles, Gay et Doucé*, 1881, 5 vol. in-12, demi-mar. citron, têtes dor., non rog.

Orné de 5 frontispices gravés à l'eau-forte par Chauvet, sur chine volant.

184. DESMAREST (Le R. P.). Histoire de Madeleine Bavent, religieuse du monastère de Saint-Louis, de Louviers. Réimpression textuelle sur l'édition rarissime de 1652, précédée d'une notice bio-bibliographique et suivie de plusieurs pièces supplémentaires. *Rouen, Lemonnyer*, 1878, in-8, mar. vert, dos orné, enc. de fil. sur les plats, dent. int., tête dor., non rog. (*Allô*).

Orné d'un frontispice et d'une vue de l'ancien couvent de Saint-Louis, gravés à l'eau-forte.

Un des 2 exemplaires numérotés sur peau de vélin, contenant les eaux-fortes en triple épreuve : en bistre, en sanguine et en noir.

Exemplaire ayant appartenu à l'éditeur Lemonnyer, avec sur les plats un fer spécial reproduisant sa marque.

185. DIDEROT. Œuvres complètes de Diderot, revues sur les éditions originales. Notices, notes, table analytique, étude sur Diderot et le mouvement philosophique au XVIIIe siècle, par J. Assézat. *Paris, Garnier frères*, 1875-1877, 20 vol. in-8, demi-chag. brun, tr. jasp.

186. DOUAI (Ouvrage relatifs à la ville de). Réunion de 23 vol. in-12, et gr. in-8, br. et rel.

Almanach de la ville de Douai pour l'an 1807. *Douai, s. d.*, in-16, br. — Etrennes aux citoyens de Douay, pour l'année 1789. *Douay, s. d.*, pet. in-12, demi-chag. violet, dos orné, tr. jasp. — Souvenirs à l'usage des habitants de Douai, ou notes pour servir à l'histoire de cette ville, jusques et inclus l'année 1821. *Douai*, 1822, in-12, demi-veau vert, dos orné, tr. marb. — Saint-Athanase. Vie de Saint-Antoine, abbé. *Douai*, 1595, in-12, mar. rouge, dos orné, fil. sur les plats. — Dechristé (L.). Souv'nirs d'un homme d'Douai, de l'paroisse des Wios Saint-Albin. Aveue de bellés z'images. Croquis historiques en patois douaisien. *Douai*, 1863-1870, 3 tomes en 2 vol. in-12, br., *figures*. — Ephémérides historiques de la ville de Douai. Seconde édition. *Douai*, 1828, in-12, br. — Duthilloeul, Douai ancien et nouveau, ou historique des rues, des places de cette ville et de ses alentours. *Douai*, 1860, in-8, demi-chag. vert, dos orné, tête jasp., non rog., couv. — Brassart (F.). Mémoire sur un point important de l'histoire de Douai. Etablissement de la Collégiale de Saint-Amé dans cette ville. *Douai*, 1872, in-8, br. — Duthilloeul (R. H.). Galerie douaisienne, ou biographie des hommes remarquables de la ville de Douai. *Douai*, 1844, in-8, demi-bas. fauve, tête jasp., non rog., *portraits*. — Duthilloeul. Bibliographie douaisienne, ou catalogue historique et raisonné des livres imprimés à Douai depuis l'année 1563 jusqu'à nos jours. *Douai*, 1842, in-8, demi-chagrin vert, tr. jasp. — Tailliar (Président) Chroniques de Douai. *Douai*, 1875-1877, 3 vol. gr. in-8, br. — Dechristé (L.). Douai pendant la Révolution (1789-1802). *Paris* et *Douai*, 1880, gr. in-8, demi-perc. bleue, tête rouge, non rog. — Pastoors (l'abbé A.). Histoire de la ville de Douai pendant la Révolution (1789-1802). *Douai*, 1905, gr. in-8, br. — Brassart. Notes historiques sur les hôpitaux et établissemens de charité de la ville de Douai. *Douai*, 1842, gr. in-8, demi-veau bleu, tr. marb., *figures*. — Le même, demi-chag. vert., dos orné, non rog., couv. (*Ex. imprimé sur papier vert*). — Dechristé (L.). Les tableaux, vases sacrés et autres objets précieux appartenant aux églises abbatiales, collégiales et paroissiales, chapelles des couvents, etc., de Douai et de son arrondissement, au moment de la Révolution. *Douai*, 1877, gr. in-8, br. — Voyage de Jacques le Saige, de Douai, à Rome, Notre Dame de Lorette, Venise, Jérusalem et autres Saints lieux. *Douai*, 1851, pet. in-4, demi-chag. rouge, tr. jasp. — Boutique (A.). Douai et ses monuments, 1893, gr. in-8 en ff. dans un carton, *100 planches*. — Duthilloeul. Douai et Lille au xiiie siècle. *Douai*, 1850, pet. in-4, demi-chag. bleu, tr. jasp. — Dubois. Douai pittoresque ou description des monuments et d'objets d'antiquité que renferment cette ville et son arrondissement. *Douai*, 1892, in-4, br., *figures*.

187. DOUAI (Ouvrages relatifs à la ville de) et au département du Nord. Réunion de 8 vol. in-8 et in-4, br. et rel.

Ternas (Am. de). Recherches historiques sur la seigneurie et les seigneurs de Wagnonville-lez-Douai, suivies de la généalogie de la famille de Baudain de Mauville. *Douai*, 1884, in-8, br. — Duthilloeul (H. R.). Petites histoires des pays de Flandre et d'Artois. *Douai*, 1858, in-8, br. (*T. II seul*). — Raymond (F.). Histoire du Hainaut français et du Cambrésis, depuis les temps les plus reculés jusqu'à nos jours. *Paris*, 1899, in-8, br., *figures*. — Brassart (M.). Notes historiques sur les hôpitaux et établissemens de charité de la ville de Douai. *Douai*, 1842, gr. in-8, demi-bas. verte, tr. jasp., *figures*. — Spriet (Léon). Bouvignies et ses seigneurs. Familles de Landas, de Mortagne-Landas, d'Ollehain, de Nédonchel. *Orchies*, 1900, in-4, br., *figures*. — Escallier (E.-A.). L'Abbaye d'Anchin, 1079-1792. *Lille*, 1852, in-4, demi-chag. violet, fers spéciaux, tr. marb., *planches*. — Le Boucq (Pierre). Histoire des choses les plus remarquables advenues en Flandre, Hainaut, Artois et pays circonvoisins, depuis 1596 jusqu'à 1674. *Douai*, 1857, gr. in-8, demi-perc. verte, tête rouge, non rog., *figures*. — Dubois (D.). Douai pittoresque ou description des monuments et objets d'antiquité que renferment cette ville et son arrondissement. *Douai*, 1892, in-4, br., *planches* et *plans*.

188. DUCOR (Henri). Aventures d'un marin de la Garde impériale, prisonnier de guerre, sur les pontons espagnols, dans l'île de Cabréra, et en Russie. Pour faire suite à l'histoire de la Campagne de 1812. *Paris*, *Ambroise Dupont*, 1833, 2 vol. in-8, demi-veau vert, tr. jasp., *2 frontispices* (Piqûres).

189. DUMAS (Alexandre). Le Chevalier de Maison-Rouge. Illustrations de Julien Le Blant, gravées sur bois par Leveillé, *Paris*, *Testard*, 1894, 2 vol. gr. in-8, br.

Exemplaire auquel on a joint la suite de 10 eaux-fortes de Géry-Bichard, d'après J. Le Blant, dans un carton.

190 DUMAS FILS (Alexandre). La Dame aux Camélias. Préface de Jules Janin. Edition illustrée par Gavarni. *Paris*, *G. Havard*, 1858, gr. in-8, demi-mar. citron, coins, dos orné, tête dorée, non rog,

Premier tirage, illustré de 20 figures par Gavarni.

191. DUSSIEUX (L.). Le château de Versailles, histoire et description. *Versailles*, *Bernard*, 1881, 2 vol. in-8, demi-mar. bleu, coins, dos orné, tête dorée, non rog., *10 gravures et 22 plans*.

192. EDITIONS L. CONQUET. *Paris*, 1885-1893, 10 vol. in-12 et in-16, rel. et br.

Muller (Eug.). La Mionette. 28 compositions de O. Cortazzo, gravées à l'eau-forte par Abol et Clapés. 1885, mar. rouge jans., dent. int., tête dorée, non rog., couv. cons. — NERVAL (Gérard de). Sylvie. Souvenirs du Valois. Préface par Ludovic Halévy. 42 compositions dessinées et gravées à l'eau-forte par Ed. Rudaux. 1886, demi-mar. vert, coins, dos orné, tête dorée, non rog., couv. cons. (*Ritter*). — DU CAMP (Maxime). Une histoire d'amour. Un portrait gravé par A. Lamotte. huit compositions de P. Blanchard, gravées par Buland. 1888, demi-mar. bleu, coins, dos orné, tête dorée, non rog., couv. cons. — CONSTANT (Benjamin). Adolphe. Portrait gravé par Courboin d'après Desmarais. Préface par Paul Bourget. 1889, demi-mar. vert, coins, dos orné, tête dorée, non rog., 1er plat de la couv. cons. *Un des 100 ex. num. sur papier du Japon, avec le portrait en 2 états, avant et avec la lettre.* — MICHELET (J.). Thérèse et Marianne. Souvenirs de jeunesse. Onze eaux-fortes originales de V. Foulquier. 1891, demi-chag. vert olive, coins, dos orné, tête dorée, non rog., 1er plat de la couv. cons. — BERGERAT (Emile). L'Espagnole. Illustrations de Daniel Vierge, gravées sur bois par Clément Bellenger. 1891, demi-mar. vert, coins, tête dorée, non rog., 1er plat de la couv. cons. — GAUTIER (Théophile). Le petit chien de la Marquise. Préface par Maurice Tourneux. Vingt et un dessins de Louis Morin. 1893, demi-mar. rouge, coins, dos orné, tête dorée, non rog., couv. cons. — NODIER (Charles). Le Bibliomane. Vingt-quatre compositions de Maurice Leloir, gravées sur bois par F. Noël. Préface de R. Vallery-Radol. 1894, demi-mar. bleu, coins, dos orné, tête dorée, non rog., 1er plat de la couv. cons. — CLARETIE (Jules). Bouddha. 1 frontispice et 10 vignettes dessinés par Robaudi, gravés par A. Nargeot. 1888, br. (*Ex. sur papier du Japon*). — HALÉVY (Ludovic). Karikari. Aquarelles d'après Henriot. 1888, br. — THEURIET, Les Œillets de Kerlaz. 1885, mar. bleu, tête dor., non rog.

193. ENLÈVEMENT (Sur l') des reliques de Sainct Fiacre, apportées de la ville de Meaux pour la guérison du Q de Mr le Cardinal de Richelieu. *En Anvers*, 1643 (Paris, 1858), in-16, mar. brun jans., dent. int., tr. dor. (*David*).

Exemplaire sur peau de vélin rose.

194. ESTOILE (Pierre de l'). Mémoires-journaux de Pierre de l'Estoile, publiés par MM. Brunet, Champollion, Halphen, Paul Lacroix, Charles Read, Tamizey de Larroque, Tricotel. Edition conforme aux manuscrits originaux et suivie d'une étude biographique et d'une table analytique par Paul Bonnefon. *Paris, Lemerre*, 1888-1896, 12 vol. in-8, br.

195. FABRE (Eugène). Trois semaines en Auvergne. — Lettres de Royat. *Douai*, 1887, in-12 carré, mar. bleu, dos orné de fleurons mos., enc. de filets et fleurons mos. sur les plats, enc.

de filets à l'int., tête dorée, non rog., couv. cons., emboîtage.

Tiré à 103 exemplaires numérotés. — Exemplaire unique (N° 1), imprimé sur carton, au recto seulement.

196. FABRE (Ferdinand). L'abbé Tigrane, candidat à la Papauté. — Un portrait d'après J.-P. Laurens et vingt eaux-fortes originales de E. Rudeaux. *Paris, L. Conquet*, 1890, in-8, demi-chag. rouge, coins, dos orné, tête dorée, non rog., couv. cons.

197. FABRE (Ferdinand). Xavière. Illustré par Boutet de Monvel. *Paris, Boussod, Valadon et Cie*, 1890, in-4, br.

Edition originale, illustrée de 36 compositions de Boutet de Monvel.

198. FABRE (Ferdinand). Sylviane. Illustrations de George Roux, gravées sur bois par Braud et Hamel. *Paris, E. Testard*, 1892, in-8, demi-mar. bleu, coins, dos orné, tête dorée, non rog., couv. cons.

199. FACÉTIES. Réunion de 12 vol. in-18 et in-8, rel.

Tableau de l'amour considéré dans l'estat du mariage. *A Parme, chez Franc d'Amour*, 1691, in-18, mar. bleu jans., dent. int., tr. dor. — Priapées de Maynard, publiés pour la première fois d'après les manuscrits, et suivies de quelques pièces analogues du même auteur, extraites de différents recueils. *Freetown, Imp. de la Bibliomaniac society*, 1864, in-16, bas. verte, tr. jasp. — Monumens de la vie privée des douze Césars, d'après une suite de pierres et médailles, gravées sous leur règne. *A Caprées, chez Sabellius*, 1782, in-8, demi-veau fauve, dos orné, tr. marb., *figures*. — Manuel des boudoirs, ou essais érotiques sur les demoiselles d'Athènes. *A Cythère, avec licence des Amours*, 1240, 4 vol. in-18, demi-mar. rouge, coins, têtes dor., non rog. — Joannis Meursii elegantiæ latini sermonis seu Aloisia Sigæci toletana de arcanis amoris et veneris. *Londini*, 1781, 2 vol. in-18, veau ant., dos ornés, tr. dor., *frontispices*. — Dictionnaire d'amour, par le Berger Sylvain. *A Guide*, 1788, in-16, demi-chag. violet, dos orné, tête dorée, non rog., *frontispice*. — Amusette des grasses et des maigres, à l'usage de ceux qui aiment encore à rire. *A. K. K. O., à l'image du Faisant*, in-16, demi-mar. rouge, coins, dos orné, tête dor., non rog., *frontispice* (*David*). — Vie voluptueuse des capucins et des nonnes. Tirée de la confession d'un frère de cet ordre. *A Cologne, chez Pierre le Sincère*, 1775, in-12, demi-rel., non rog.

200. FACÉTIES. Réunion de 6 vol. demi-chag. ou mar., coins, dos orné, tête dor., non rog.

Joyeusetés galantes et autres, du vidame Bonaventure de la Braguette. *Luxuriopolis*, 1866, in-18, *frontispice*. — Les Bas-fonds de la société, par Henri Monnier. *A Londres, s. d.*, in-18. — Chansons nouvelles de M. de Piis. *Paris, Defer de Maisonneuve, s. d.*, in-12, *figures*. — Le P. Féline. Catéchisme des gens mariés. *Rouen, Lemonnyer*, 1880, in-12. — Le même, mar. citron, orn. sur les plats, dent. int., tr. dor. (Exemplaire sur papier jaune à la suite duquel on a relié *l'édition originale* de cet ouvrage). — Ferry Julyot. Les élégies de la Belle fille lamentant sa virginité perdue. *Paris, Lemerre*, 1868, in-12.

201 FACÉTIES. Réunion de 11 volumes in-16 et in-12, demi-chag., coins, dos orné, tête dorée, non rog.

Le désert des Muses, ou les désirs de la satyre gallante, par P. M. D. G. *A Paris, chez Pierre Lamy, au Palais, au grand César, s. d.*, in-16. — La pure vérité cachée et autres mazarinades rares et curieuses. *Amsterdam*, 1867, in-16. — Le sultant Misapouf et la princesse Grisemine, conte galant par l'abbé de Voisenon. *Bruxelles, Brancart*, 1883, in-16, *front.* de J. Chauvet (Ex. sur papier du Japon). — Mémoires de la Duchesse de Brancas sur Louis Quinze et Mme de Châteauroux. *S. l.*, 1865, in-16, couv. — Paris galant. La vie de garçon dans les hôtels garnis, ou l'amour à la minute. Scènes de la vie joyeuse entre étudiants, grisettes, rapins, courtisanes et truqueuses, par un Bohème curieux, logé à l'œil au grenier. *Paris et Bruxelles, s. d.*, in-16, *frontispice*. — Rapsodies, par Pétrus Borel. *Bruxelles, Brancart*, 1884, in-16, *frontispice*. — Aventures de l'abbé de Choisy, habillé en femme. *Bruxelles, Brancart*, 1884, in-16, *frontispice* de J. Chauvet. — Vivant-Denon. Point de lendemain, conte en prose. *Rouen, J. Lemonnyer*, 1879, in-12. — Virginie de Leyva, ou intérieur d'un couvent de femmes en Italie au commencement du XVIIe siècle par Philarète Chasles. *Paris, Poulet-Malassis et de Broise*, 1861, in-12, *portrait* et *lettre autographe de l'auteur*. — Les Courtisanes de l'ancienne Rome, par P.-L. Jacob. *Bruxelles, Brancart*, 1884, in-12. — Mémoires de la vie galante de l'abbé Aunillon Delaunay du Gué. *Bruxelles, Kistemaeckers*, 1887, in-12, demi-perc., tête rouge, non rog., couv.

202. FACÉTIES. Réunion de 8 vol. in-16 et in-12, demi-chag. ou mar., coins, dos orné, tête dor., non rog.

Bréviaire de l'amour expérimental, méditations sur le mariage selon la physiologie du genre humain, par feu le Dr Jules Guyot. *Paris*, 1882, in-16. — Le passe-temps des paillards, ou recueils des meilleurs pièces érotiques de Robbé de Beauvezet, de Senac de Meilhan, de Coulanges et du fameux recueil de Maurepas. *Londres, W. Jackson*, 1779, in-16. — Petit traicté contre l'abominable vice de Paillardise. *Lille*, 1868, in-12 (Un des 16 exemplaires sur Bristol de couleur). — Œuvres satyriques de P. Corneille Blessebois. *Leyde*, 1866-1867, 2 vol. in-12, *frontispices*. — Pornophile, contes saugrenus. *Jersey, Smithson*, 1885, in-12. — Le Pornographe ou idées d'un honnête homme sur un projet de réglement pour les prostituées. *Bruxelles, Gay et Doucé*, 1879, in-12; *frontispice* de J. Chauvet. — Procez et amples examinations sur la vie de Caresme-Prenant. *S. l. n. d.*, gr. in-12.

203. FACÉTIES. Réunion de 7 vol. in-16 et in-12, br. et rel.

De l'utilité de la flagellation dans la médecine et dans les plaisirs du mariage, et des fonctions des lombes et des reins. *Paris, Mercier*, 1795, in-16, demi-mar., coins. tête dor., non rog., *front.* — Lucina sine concubitu. *Londres, Wilcox*, 1776, in-16, demi-mar., coins, tête dorée, non rog. — Plaidoyer de M. Freydier, contre l'introduction de cadenas ou ceintures de chasteté. *Montpellier, à la Bibliothèque du Barreau*, 1750-1870, in-12, demi-chag., coins, tr. jasp. — Recherches historiques sur les maladies de Vénus dans l'antiquité, et le Moyen Age. *Bruxelles, Brancart*, 1883, in-12, demi-mar., coins, dos orné, tête dorée, non rog., couv. — Le mal français à l'époque de l'expédition de Charles VIII en Italie, d'après les documents originaux, par Hesnaut. *Paris, Marpon et Flammarion*, 1886, in-12, demi-mar., coins, dos orné, tête dorée, non rog., couv. — Un alsatique scatologique. *Bas-Rhin, se vend au nº 100. S. l. n. d.*, in-12, br. — L'art de péter, essai théori-physique et méthodique. *En Westphalie, chez Florent-Q, rue Pet-en-Gueule, au Soufflet*, 1776, in-12, br., *figures*.

204. FAUCHE-BOREL. Mémoires de Fauche-Borel. *Paris, Moutardier*, 1829, 4 vol. in-8, demi-veau, tr. marb., *portraits et plans*.

205. FEUILLET (Octave). Monsieur de Camors. — Onze compositions par S. Rejchan, gravées à l'eau-forte par Mme Louveau-Rouveyre, MM. Daumont et Duvivier. *Paris, A. Quantin*, 1885, in-8, demi-mar. brun, coins, dos orné, tête dorée, non rog., couv. cons.

De la collection des Chefs-d'œuvre du Roman contemporain.

206. FEYDEAU (Ernest). Mémoires d'une demoiselle de bonne famille, rédigés par elle-même, revus, corrigés, élagués et mis en bon français par Ernest Feydeau. *Londres, Société des Bibliophiles, s. d.*, in-12, demi-rel. mar. bleu, coins, dos orné, tête dorée, non rog., couv. cons.

Illustré de 1 eau-forte originale de Hanriot. — Exemplaire contenant l'eau-forte en double épreuve : en noir et en sanguine.

207. FIELDING. Tom Jones, ou Histoire d'un enfant trouvé. Traduction nouvelle et complète, ornée de douze gravures en taille-douce. *Paris, Firmin-Didot frères*, 1833, 4 vol. in-8, mar. rouge, dos orné de fleurons mos., enc. de filets et orn. mos. sur les plats, dent. int., tr. dorées (*Reliure de l'époque*).

Orné de 12 figures par Moreau le jeune, gravées par de Villiers frères, Mariage et Simonet.

Exemplaire sur papier vélin, contenant les gravures avant la lettre sur chine monté, et portant sur un feuillet de garde la note autographe suivante :

« Offert à l'habile Peintre, à l'homme excellent, J. Court, par son très dévoué Comte Henri de La Bédoyère. »

208. FIELDING. Tom Jones, histoire d'un enfant trouvé. Traduction nouvelle par Defauconpret, précédée d'une notice biographique et littéraire sur Fielding, par Walter Scott. *Paris, Furne*, 1835, 2 vol. in-8, demi-rel. chag. noir, avec coins, dos plats orné en long, tête dorée, non rog. (*Bibolet*).

Edition illustrée de 2 titres-frontispice gravés par Rouargue frères et 4 figures de A. Johannot, gravées sur acier par Cousin, Revet, Joubert et Tavernier, sur papier de chine monté.

209. FLANDRE WALLONNE (Souvenirs de la). Recherches historiques et choix de documents relatifs à Douai et aux anciennes provinces du Nord de la France, publiés sous les auspices de la Société d'agriculture, sciences et arts de Douai, par un comité historique et archéologique. *Douai, Crépin*, origine 1861-1889, 28 vol. et 1 table, in-8, br.

210. FLAUBERT (Gustave). Madame Bovary. Mœurs de province. — Douze compositions par Albert Fourié, gravées à l'eau-forte par E. Abot et D. Mordant. *Paris, A. Quantin*, 1885, gr. in-8, mar. La Vallière doublé de mar. vert, enc. de filets et orn. mos. sur le dos et les plats, enc. de filets et fleurons aux coins, à l'int., tr. dorées sur fausses marges, garde de soie orientale, couv. cons. (*Marius Michel*).

De la Collection des Chefs-d'œuvre du Roman contemporain.

Un des cent exemplaires numérotés sur papier du Japon, contenant les eaux-fortes en 2 états : avant toute lettre, sur japon, et la lettre, sur vélin.

Exemplaire orné de 13 AQUARELLES ORIGINALES de Fernand Coindre.

211. FLAUBERT (Gustave). Madame Bovary. Mœurs de province. Douze compositions par Albert Fourié, gravées à l'eau-forte par E. Abot et D. Mordant. *Paris, A. Quantin*, 1885, in-8, demi-mar. bleu, coins, tête dorée, non rog., couv. cons.

De la collection des Chefs-d'œuvre du Roman contemporain.

212. FLEUR LASCIVE ORIENTALE (La). Contes libres inédits, traduits du Mongol, de l'Arabe, du Japonais, de l'Indien, du Chinois, du Persan, du Malay, du Tamoul, etc. *Oxford*, 1882, in-12, demi-mar. bleu, coins, dos orné, tête dorée, non rog., couv. cons.

Exemplaire contenant le frontispice de Rops en double épreuve, sur vélin et sur japon.

213. FOE (Daniel de). Aventures de Robinson Crusoé. Traduction nouvelle . Edition illustrée par Grandville. *Paris, Fournier aîné*, 1840, in-8, demi-chag. bleu, dos orné, tête dor., non rog.

Premier tirage avec les illustrations de Grandville.

214. FOUCHÉ (Joseph). Mémoires de Joseph Fouché, duc d'Otrante, ministre de la Police générale. *Paris, Le Rouge*, 1824, 2 vol. in-8, demi-bas. fauve, dos orné, tr. jasp., *portrait*.

215. FOY (Général). Histoire de la guerre de la Péninsule sous Napoléon, précédée d'un tableau politique et militaire des puissances belligérantes. *Paris, Beaudoin frères*, 1827, 4 vol. et 1 atlas in-8, demi-bas., tr. marb. — GUILLON. Les guerres d'Espagne sous Napoléon. *Paris, Plon*, 1902, in-12, br. — LEJEUNE (Baron). Sièges de Saragosse, histoire et peinture. *Paris, Firmin-Didot*, 1840, in-8, demi-perc. non rog. — Mémoires d'un apothicaire sur la guerre d'Espagne, pendant les années 1808 à 1814. *Paris, Ladvocat*, 1828, 2 vol. in-8, demi-veau vert, tr. jasp. — Ens. 8 vol. et 1 atlas.

216. FRANCHE-COMTÉ (La). Besançon et la vallée du Doubs. 25 eaux-fortes par MM. T. Abraham et G. Coindre. Texte par X. Marmier, Francis Wey, E. Grenier, l'abbé Besson, le

Vicomte Chifflet, A. Castan, et autres littérateurs franc-comtois. *Besançon, Ch. Marion*, 1874, in-4 en ff., dans un carton.

217. FRANC-MAÇONNERIE. Recueil de vignettes représentant des emblèmes maçonniques, principalement des Loges du Nord de la France.

Cette curieuse collection se compose de 120 vignettes dont la plupart ont été découpées dans des livres, ou des en-têtes de lettres. A la fin de l'album se trouvent collés 33 empreintes à la cire des sceaux de différentes loges de France.

218. GAUTIER (Théophile). Emaux et Camées. Seconde édition augmentée. *Paris, Pincebourde*, 1863, in-12, demi-mar. rouge, coins, dos orné, non rog. (*Raparlier*).

Orné d'un frontispice gravé à l'eau-forte par Thérond.

219. GAUTIER (Théophile). Emaux et Camées. — Cent douze dessins de Gustave Fraipont. Préface par Maxime Du Camp. *Paris, L. Conquet*, 1887, in-12, mar. rouge, dos orné, enc. de filets et orn. mos. sur les plats, dent. int., tête dorée, non rog., couv. cons.

Exemplaire numéroté sur papier du Japon.

220. GAUTIER (Théophile). Mademoiselle de Maupin. — Double amour. Réimpression textuelle de l'édition originale. Notice bibliographique par M. Charles de Lovenjoul. *Paris, L. Conquet et G. Charpentier*, 1883, 2 vol. gr. in-8, mar. rouge doublé de mar. bleu, dos orné, enc. de filets et orn. dorés sur les plats, dent. int., tête dorée, non rog., couv. cons. (*Chambolle-Duru*).

Illustrations de E. Toudouze gravées à l'eau-forte par Champollion.

Exemplaire orné sur le faux titre du Tome I, D'UNE SUPERBE AQUARELLE ORIGINALE de E. Toudouze, d'une grande finesse d'exécution.

221. GAUTIER (Théophile). Militona. Un portrait et dix compositions d'Adrien Moreau, gravés par Lamotte. *Paris, L. Conquet*, 1887, in-8, demi-mar. vert, coins, dos orné, tête dorée, non rog., couv. cons. (*Ritter*).

Un des 150 exemplaires numérotés sur grand papier du Japon,

contenant le portrait en quadruple épreuve : eau-forte pure, avant la lettre avec signature à la pointe et avec la lettre.

222. GAUTIER (Théophile). Le Roi Candaule. Préface par Anatole France. *Paris, Ferroud*, 1893, in-8, demi-rel. mar. citron, avec coins, dos orné, tête dorée, non rog., couv. cons.

Edition illustrée de 1 frontispice, 1 vignette de titre, 5 planches hors texte et 14 vignettes dans le texte, dessinés et gravés par Paul Avril.

223. GAUTIER (Théophile). La mille et deuxième nuit. Illustré de neuf compositions par Ad. Lalauze. Préface par L. Gastine. *Paris, Ferroud*, 1898, in-8, broché, couv. imp.

224. GAUTIER (Théophile). Réunion de 25 vol. in-12, br.

Mademoiselle de Maupin. — Premières poésies. — Théâtres, mystères, comédies et ballets. — Les Jeunes France. — Nouvelles. — Partie carrée. — Portraits et souvenirs littéraires. — Le Roman de la momie. — Fusains et eaux-fortes. — Les vacances du lundi. — Histoire du romantisme. — Souvenirs de théâtre, d'art et de critique. — Portraits contemporains. — Emaux et camées. — L'Orient, 2 vol. — Constantinople. — Voyage en Russie, 2 vol. — Voyage en Italie. — Voyage en Espagne. — Jean et Jeannette. — Les roués innocents. — Feydeau. Théophile Gautier. Souvenirs intimes.

225. GAVARNI. Œuvres choisies de Gavarni, revues, corrigées et nouvellement classées par l'auteur. Etudes de mœurs contemporaines. Avec des notices en tête de chaque série, par Théophile Gautier et Laurant-Jan. *Paris, Hetzel*, 1846-1848, 4 vol. gr. in-8, rel. en 2, demi-mar. La Vall., coins, dos ornés, têtes dorées, non rog.

226. GŒTHE. Werther, par Gœthe. Traduction nouvelle, précédée de considérations sur Werther, et en général sur la poésie de notre époque, par Pierre Leroux, accompagnée d'une préface par George Sand. Dix eaux-fortes par Tony Johannot. *Paris, Hetzel*, 1845, gr. in-8, mar. rouge, dos orné, enc. de filets sur les plats, dent. int., tr. dor. (*L. Claessens*).

Premier tirage.
Exemplaire auquel on a ajouté : 4 portraits de Gœthe, la suite de 3 figures de Moreau le jeune, *avant la lettre*, et une suite de 3 figures non signées, sur chine monté. — Piqûres.

227. GŒTHE. Œuvres. Traduction nouvelle par Jacques Porchat. *Paris*, *Hachette et Cie*, 1863-1873, 10 vol. in-8, demi-chag. rouge, dos ornés, têtes dorées, non rog., *portrait*.

228. GOLDSMITH. Le vicaire de Wakefield. Traduction nouvelle précédée d'une notice sur la vie et les ouvrages de Goldsmith et suivie de notes par Charles Nodier. 10 vignettes, dessinées par T. Johannot, gravées sur acier par Reutel. *Paris*, *Lecou et Hetzel*, *s. d.*, in-4, demi-mar. brun, coins, dos orné, tête dorée, non rog.

(Taches de rousseur).

229. GONCOURT (Ed. et J. de). Renée Mauperin. Edition ornée de dix compositions à l'eau-forte par James Tissot. *Paris*, *Charpentier et Cie*, 1884, gr. in-8, demi-mar. rouge, coins, dos orné, tête dorée, non rog. (*Ritter*).

Un des 50 exemplaires numérotés sur papier Whatman, contenant la suite des eaux-fortes, avant la lettre avec la signature de l'artiste.

230. GONCOURT (Ed. et J. de). Germinie Lacerteux. Dix compositions par Jeanniot gravées à l'eau-forte par L. Muller. *Paris*, *A. Quantin*, 1886, in-4, demi-mar. bleu, coins, dos orné mos., tête dorée, non rog., couv. cons. (*Allô*).

De la collection des Chefs-d'œuvre du Roman contemporain.
Un des 100 exemplaires numérotés sur papier du Japon, contenant la suite des gravures en double état : avant la lettre sur papier du Japon et avec la lettre sur vélin.

231. GONCOURT (Ed. et J. de). Germinie Lacerteux. Dix compositions par Jeanniot, gravées à l'eau-forte par L. Muller. *Paris*, *A. Quantin*, 1886, gr. in-8, demi-mar. La Vallière foncé, coins, dos orné, tête dorée, non rog., couv. cons. (*Smeers-Engel*).

De la collection des Chefs-d'œuvre du Roman contemporain.

232. GONCOURT (Ed. et J. de). Réunion de 33 vol. in-12, reliés.

La Duchesse de Châteauroux et ses sœurs. — Histoire de la société française pendant la Révolution. — Histoire de la société française pendant le Directoire. — Madame de Pompadour. — Portraits intimes du XVIIIe siècle. — La femme au XVIIIe siècle. —

La Du Barry. — L'Italie d'hier. Notes de voyage. 1855-1856. — Manette Salomon. — La fille Elisa. — Sœur Philomène. — Madame Gervaisais. — Charles Demailly. — La Faustin. — En 18... — L'amour au XVIIIe siècle. — La Saint-Huberty. — La maison d'un artiste, 2 vol. — L'art du XVIIIe siècle, 3 vol. — Journal des Goncourt, 9 vol. — Lettres de J. de Goncourt. — Alidor; DELZANT. Les Goncourt.

233. GONSE (Louis). Les Chefs-d'œuvre des Musées de France. — La Peinture. *Paris, Société française d'Editions d'Art*, 1900, gr. in-4, br., *30 planches hors texte et figures.*

234. GRANDS ÉCRIVAINS (Les) de la France. — Lettres de Mme de Sévigné, de sa famille et de ses amis. Recueillies et annotées par M. Monmerqué. *Paris, Hachette et Cie*, 1862-1866, 14 tomes en 15 vol. in-8, et un album in-4, brochés. — Œuvres de La Bruyère. Revue sur les plus anciennes impressions et les autographes par M. G. Servois. *Paris, Hachette et Cie*, 1865-1878, 3 tomes en 4 vol. in-8, demi-mar. vert, coins, non rog. — Ens. 19 vol. et 1 album.

235. GRIMM. Correspondance littéraire, philosophique et critique par Grimm, Diderot, Raynal, Meister, etc. Revue sur les textes originaux, comprenant en outre ce qui a été publié à diverses époques, les fragments supprimés en 1813 par la censure et les parties inédites. Notices, notes, table générale par Maurice Tourneux. *Paris, Garnier frères*, 1877-1882, 16 vol. in-8, demi-chag. brun, tr. jasp.

236. GRUEL (Léon). Manuel historique et bibliographique de l'amateur des reliures. *Paris, Gruel et Engelmann*, 1887, in-4, br., *67 planches.*

237. GRUYER (F.-A.). La Peinture au château de Chantilly. Ecole française. Ouvrage illustré de quarante héliogravures par Braun, Clément et Cie. *Paris, Plon, Nourrit et Cie*, 1898, in-4, br.

238. HALÉVY (Ludovic). La Famille Cardinal. *Paris, Calmann-Lévy*, 1883, pet. in-8, demi-mar. rouge, coins, dos orné fleurons mos., tête dorée, non rog., couv. cons. (*Champs*).

Exemplaire auquel on a joint la suite de 1 frontispice et 8 en-têtes par E. Mas, gravés à l'eau-forte par J. Massard, sur papier de Chine.

239. HALÉVY (Ludovic). La famille Cardinal, par Ludovic Halévy, de l'Académie française. — Illustrations de Charles Léandre. *Paris, E. Testard*, 1893, gr. in-8, demi-mar. rouge, coins, dos orné, tête dorée, non rog., couv. cons.

Exemplaire sur papier vélin auquel on a joint la suite de 10 grandes compositions de Léandre, gravées à l'eau-forte par L. Muller.

240. HALÉVY (Ludovic). Trois coups de foudre. — Dix dessins de Kauffmann, gravés par T. De Mare. *Paris, L. Conquet*, 1886, in-16, demi-mar. bleu, coins, tête dorée, non rog., couv. cons. (*Smeers-Engel*).

Un des 150 exemplaires numérotés sur papier du Japon.

241. HALÉVY (Ludovic Mariette). Quarante compositions de Henry Somm. *Paris, L. Conquet*, 1893, in-8, demi-mar. vert, avec coins, dos orné, tête dorée, non rog., couv. cons.

242. HAMILTON (Antoine). Mémoires du Comte de Grammont, par Antoine Hamilton. — Un portrait de A. Hamilton et trente-trois compositions de C. Delort, gravées au burin et à l'eau-forte par L. Boisson. — Préface de H. Gausseron. *Paris, L. Conquet*, 1888, gr. in-8, mar. bleu doublé de mar. rouge, entrelacs de filets et orn. mos. sur le dos et les plats, enc. de filets et dent. int., tr. dorées sur brochure, couv. cons. (*Ruban*).

Orné de 1 portrait et de 33 compositions de Delort, gravés à l'eau-forte par Boisson, comprenant 11 hors texte, 11 en-têtes et 11 culs-de-lampe.

Tiré à 700 exemplaires numérotés. — Un des 200 sur papier du Japon.

243. HATZFELD (Adolphe) et Arsène DARMESTETER. Dictionnaire général de la Langue française du commencement du XVIIe siècle jusqu'à nos jours, précédé d'un traité de la formation de la langue. *Paris, Ch. Delagrave, s. d.*, 2 forts vol. gr. in-8, demi-chag. vert, tr. jasp.

244. HAVARD (Henry). La France artistique et monumentale. *Paris, Librairie illustrée, s. d.*, 6 vol. in-4, br.

Illustré de 150 planches hors texte et de nombreuses figures dans le texte. — Le Tome II est relié perc. gris bleu, fers spéciaux.

245. HISTOIRE DES QUATRE FILS AYMON, très nobles et très vaillants Chevaliers. Illustrée de compositions en couleurs par Eugène Grasset, gravure et impression par Charles Gillot. Introduction et notes par Charles Marcilly. *Paris, H. Launette*, 1883, in-4, br.

246. HISTORIQUE DU 19e RÉGIMENT DE CHASSEURS (1792-1892). *Lille, L. Danel*, 1893, in-4, perc. brune, tête dorée, non rog.

Illustré de 35 planches hors texte, dont 20 en couleurs.

247. HOMÈRE. Iliade. Vingt-quatre grandes compositions par Henri Motte. Traduction par Emile Pessonneaux. *Paris, Quantin, s. d.*, in-4, demi-mar. bleu, coins, dos orné, tête dorée, non rog. (*Ritter*).

248. HORACE. Quintus Horatius Flaccus. *Londini*, 1824, in-32, mar. citron, dos orné, dent. et fleurons dor. et mos. sur les plats, dent. int., tête dorée, non rog., emboîtage.

Orné d'un portrait dessiné et gravé par Aug. de Saint-Aubin et tiré sur papier de Chine.

249. HORACE. Quinti Horatii Flacci Opera. Cum novo commentario ad modum Joannis Bond. *Parisiis, Firmin-Didot*, 1855, in-12, mar. rouge, dos orné, enc. de filets sur les plats, dent. int., tr. dor. (*Lortic*).

Illustré de 20 photographies montées, hors texte ou dans le texte.

250. LE MÊME, dans une reliure analogue, mais avec les figures dans le texte gravées sur bois par Huyot.

251. HORACE. Les œuvres d'Horace, poète latin du siècle d'Auguste. Odes, satires, épîtres, art poétique. Traduction nouvelle par Jules Janin. *Paris, Hachette et Cie*, 1860, in-16, mar. bleu, dos orné, enc. de filets sur les plats, dent. int., tr. dor., *portrait dessiné et gravé par Aug. St-Aubin, sur chine volant* (*Capé*).

252. HOUSSAYE (Arsène). Les confessions. Souvenirs d'un demi-siècle, 1830-1880. *Paris, Dentu*, 1885-1891, 6 vol. in-8, demi-veau fauve, tr. jasp., *portraits*.

253. HUGO (Victor). Notre-Dame de Paris. Edition illustrée d'après les dessins de MM. E. de Beaumont, L. Boulanger, Daubigny, T. Johannot, de Lemud, Meissonnier, G. Roqueplan, de Rudder, Steinheil, gravés par les artistes les plus distingués. *Paris, Perrotin*, 1844, gr. in-8, mar. rouge, enc. de filets sur le dos, les plats et à l'intérieur, tr. dorées, emboîtage (*Chambolle-Duru*).

Premier tirage de cette jolie édition illustrée de 55 gravures sur bois et sur acier, hors texte, imprimées sur papier teinté, et d'un grand nombre de bois dans le texte.

254. HUYSMANS (J.-K.). La Bièvre, les Gobelins, Saint-Séverin. *Paris, Société de propagation des Livres d'Art*, 1901, gr. in-8, br.

Orné d'environ 35 compositions de A. Lepère, dont 4 gravées à l'eau-forte.

255. IMAGE (L'). Revue littéraire et artistique, ornée de figures sur bois. *Paris, Floury*, 1897, in-4, broché, couv. de livraisons cons.

256. JANIN (Jules). L'âne. mort. Edition illustrée par Tony Johannot. *Paris, Bourdin*, 1842, gr. in-8, demi-mar. vert, coins, dos orné, tête dorée, non rog.

Premier tirage. Illustré d'environ 100 vignettes dans le texte, de 12 planches gravées sur bois et tirées sur papier teinté chine, et d'un portrait de Jules Janin, gravé sur acier par Revel.

257. JANIN (Jules). L'été à Paris. *Paris, Curmer*, *s. d.*, in-8, perc. violette, fers spéciaux, tr. dorées.

Premier tirage. — Illustré de 18 hors texte, dessinés par Lami et de nombreuses vignettes gravées sur bois, dans le texte. *Piqûres.*

258. JANIN (Jules). Un hiver à Paris. *Paris, Aubert et Cie, et L. Curmer*, 1843, in-8, cart., couv. collée sur les plats.

Premier tirage. — Illustré de 18 hors textes dessinés par Lami et nombreuses vignettes sur bois, dans le texte.

259. JÉROME. Mémoires et correspondance du roi Jérôme et de la reine Catherine. *Paris, E. Dentu*, 1861-1866, 7 vol. in-8, demi-perc. rouge, tête jasp., non rog., *portraits*.

260. JOSEPH. Mémoires et correspondance politique et militaire du roi Joseph, publiés, annotés et mis en ordre par A. Du Casse. Deuxième édition. *Paris*, *Perrotin*, 1853-1854, 10 vol. in-8, demi-chag. vert, tr. jasp.

261. JULLIEN (Adolphe). Richard Wagner, sa vie et ses œuvres. Ouvrage orné de quatorze lithographies originales de Fantin-Latour, de quinze portraits de Richard Wagner, de quatre eaux-fortes et de 120 gravures, scènes d'opéras, caricatures, vues de théâtres, autographes, etc. *Paris*, *Rouam*, 1886, in-4, demi-chag. vert, coins, dos orné, tête dorée, non rog.

262. JULLIEN (Adolphe). Hector Berlioz, sa vie et ses œuvres. Ouvrage orné de quatorze lithographies originales par Fantin-Latour, de douze portraits de Hector Berlioz, de trois planches hors texte et de 122 gravures, scènes théâtrales, caricatures, portraits d'artistes, autographes, etc. *Paris*, *A la Librairie de l'Art*, 1888, in-4, demi-chag. rouge, coins, dos orné, tête dorée, non rog.

263. KAMA-SUTRA (Les) de Vatsyayana. Manuel d'érotologie hindoue, rédigé en sanscrit vers le cinquième siècle de l'ère chrétienne, traduit sur la première version anglaise, par Isidore Liseux. *Paris*, *Liseux*, 1885, in-8, demi-mar. vert, coins, tête dorée, non rog., couv. cons.

264. KNIGHT (Richard Payne). Le culte de Priape et ses rapports avec la théologie mystique des anciens, par Richard Payne Knight, suivi d'un essai sur le culte des pouvoirs générateurs durant le Moyen Age, traduits de l'anglais, par E. W. *Bruxelles*, *Gay*, 1883, in-8 carré, demi-rel. chag. bleu, avec coins, dos orné, tête dorée, non rog., couv. cons., *40 planches*.

265. LA BRUYÈRE. Les Caractères ou les Mœurs de ce siècle par La Bruyère, suivis du Discours à l'Académie et de la traduction de Théophraste. *Paris*, *Belin-Leprieur*, 1845, gr. in-8, perc. bleu foncé, fers spéciaux sur le dos et les plats, tr. dor.

Illustré de 26 figures par Penguilly, sur chine monté, hors texte et de nombreuses figures dans le texte.

266. LA BRUYÈRE. Les caractères ou les mœurs de ce siècle, précédés des caractères de Théophraste, traduits du grec par La Bruyère. Texte revu sur la neuvième édition originale en 1696. Avec une notice et des notes par Charles Asselineau. *Paris, Lemerre*, 1872, 2 vol. gr. in-8, br.

Un des 150 exemplaires numérotés sur papier de Hollande, contenant le portrait en 2 états : avant et avec la lettre.

267. LA FAYETTE (Mme de). La Princesse de Clèves. Préface par Anatole France. Un portrait et douze compositions de Jules Garnier, gravés par A. Lamotte. *Paris, L. Conquet*, 1889, in-8, demi-mar. rouge, coins, dos orné, tête dorée, non rog., couv. cons.

268. LA FONTAINE. Contes de M. de La Fontaine. *Lyon, Scheuring*, 1874, 2 vol. in-8, demi-mar. brun, coins, dos orné, tête dorée, non rog., couv. cons. (*Ritter*).

Illustré de 1 portrait, 1 frontispice, 3 figures hors texte, et de nombreuses figures dans le texte ou à pleine page.

269. LA FONTAINE. Contes et nouvelles en vers. *Paris, Barraud*, 1874, 2 vol. in-8, mar. rouge, dos orné, enc. de filets et orn. sur les plats, dent. int., tr. dor. (*Champs*).

Réimpression de l'édition dite des Fermiers Généraux, illustrée de 1 portrait de La Fontaine, 1 portrait d'Eisen et 83 figures par Eisen.

270. LA GORCE (Pierre de). Histoire du Second Empire. *Paris, Plon, Nourrit et Cie*, 1905, 7 vol. in-8, demi-chag. vert jans., tête dorée, non rog., *cartes*.

271. LAHURE (Bon L.-J.). Souvenirs de la vie militaire du Lieutenant-Général Baron L.-J. Lahure, 1787-1815. Publiés par son petits-fils le Baron P. Lahure, avec une introduction par Paul Duplan. *Paris, Lahure*, 1895, in-8, mar. rouge, dos orné, enc. de filets sur les plats, tête dorée, non rog., couv. cons. (*Pouget*).

272. LAMARTINE (A. de). Raphaël, pages de la vingtième année. Dix compositions par Ad. Sandoz, gravées à l'eau-forte

par Champollion. *Paris, A. Quantin, s. d.*, in-8, demi-maroq. coins, dos orné, tête dorée, non rog., couv. cons.

De la collection des Chefs-d'œuvre du Roman contemporain.

273. LARREY (D. J.). Mémoires de Chirurgie militaire, et campagnes de D. J. Larrey. *Paris, J. Smith* et *F. Buisson*, 1812, 3 vol. in-8, demi-bas. fauve, tr. jaunes.

274. LAS CASES. Mémorial de Sainte-Hélène, par le Comte de Las-Cases. Suivi de Napoléon dans l'exil, par MM. O'Méara et Antomarchi et de l'historique de la translation des restes mortels de l'Empereur Napoléon aux Invalides. *Paris, Ernest Bourdin*, 1842, 2 vol. gr. in-8, demi-chag. rouge, coins, dos orné, tête dorée, non rog. 1er plat de la couv. cons.

Premier tirage. Illustré de 500 vignettes dans le texte, 29 sujets hors texte, gravés sur bois et tirés sur chine monté, et de 2 cartes. Piqûres.

275. LECLANCHÉ (Léopold). La vie de Benvenuto Cellini, écrite par lui-même. — Traduction Léopold Leclanché. Notes et index de M. Franco. Illustrée de neuf eaux-fortes par F. Laguillermie, et de reproductions des Œuvres du Maître. *Paris, A. Quantin*, 1881, gr. in-8, papier vergé, br.

276. LEJEUNE (Théodore). Guide théorique et pratique de l'amateur de tableaux. Etudes sur les imitateurs et les copistes des Maîtres de toutes les écoles dont les Œuvres forment la base ordinaire des galeries. *Paris, Vve J. Renouard*, 1864-1865, 3 vol. gr. in-8, demi-chag. rouge, tête jasp., non rog.

277. LEMNIUS Simon). Les noces de Luther ou la monachopornomachie de Simon Lemnius (xvie siècle). Traduit du latin pour la première fois, avec le texte en regard. *Paris, Liseux*, 1893, pet. in-8, demi-mar. citron, coins, dos orné, tête dorée, non rog., couv. cons.

278. LE PETIT (Cl.). L'heure du berger, roman. Nouvelle édition, avec un avant-propos par Philomneste Junïor. *Paris, Gay*, 1862, mar. brun jans., dent. int., tr. dor. (*Petit*).

Exemplaire sur peau de vélin.

279. LE SAGE. Histoire de Gil Blas de Santillane, précédée d'une introduction par Jules Janin. Illustrations de Gavarni. *Paris*, *Morisot*, 1863, in-8, demi-rel. chag. violet, plats toile, tr. dorées.

Illustré de 21 figures de Gavarni, gravées par Outhwaite, Colin, Delannoy, Nargeot, etc.

280. LITTRÉ (E.). Dictionnaire de la langue française. *Paris*, *Hachette et Cie*, 1873-1877, 5 vol. in-4, demi-chag. noir plats toile, fers spéciaux, tr. jasp.

281. LIVRE DES CENT BALLADES (Le) contenant des conseils à un chevalier pour aimer loialement et les responses aux ballades. Publié d'après trois manuscrits de la Bibliothèque Impériale de Paris et de la Bibliothèque de Bourgogne de Bruxelles, avec une introduction, des notes historiques et un glossaire, par le Marquis de Prieux de Saint-Hilaire. *Paris*, *E. Maillet*, 1868, in-8, mar. rouge, dos orné, enc. de filets sur les plats, dent. int., tr. dor.

282. LONGUS. Daphnis et Chloé. Compositions de Raphaël Collin, gravées à l'eau-forte par Champollion. Préface de Jules Claretie. *Paris*, *G. Boudet*, 1890, in-8, mar. bleu, dos orné, enc. de filets sur les plats, dent. int., tête dorée, non rog., couv. cons. (Un coin de la reliure est abîmé).

283. LORRAIN (Jean). Ma petite ville. — Le miracle de Bretagne. — Un veuvage d'amour. Illustrations à l'aquarelle de Manuel Orazi, gravées à l'eau-forte par Frédéric Massé et imprimées sur couleurs. Vignettes décoratives de Léon Rudnicki. *Paris*, *L.-H. May*, 1898, in-8, br.

284. LUYNES (Duc de). Mémoires du Duc de Luynes sur la Cour de Louis XV (1735-1758). Publiés sous le patronage de M. le Duc de Luynes, par MM. L. Dussieux et Eud. Soulié. *Paris*, *Firmin Didot frères, fils et Cie*, 1860-1865, 17 vol. in-8, demi-cuir de Russie, tr. jasp.

285. MAISTRE (Xavier de). Voyage autour de ma Chambre.

Paris, *Lemerre*, 1878, in-8, mar. rouge, dos orné, enc. de dent. et de fil. sur les plats, dent. int., tr. dor. (*Petit*).

Un des 50 exemplaires numérotés sur papier Whatman, contenant la suite d'un portrait par Courtry et 4 figures par F. Dupont, en double épreuve : en noir et en sanguine.

286. MARBOT (Baron de). Mémoires du Général Baron de Marbot. *Paris*, *Plon*, *Nourrit et Cie*, 1891, 3 vol. in-8, demi-perc. verte, coins, non rog., *portraits*.

Edition originale.

287. MARTIN (Henri). Histoire de France depuis les temps les plus reculés jusqu'en 1789. 17 vol. — Histoire de France depuis 1739 jusqu'à nos jours, 8 vol. *Paris*, *Furne*, *Jouvet et Cie*, 1878-1885, ens. 25 vol. in-8, demi-chag. vert, tr. jasp. *figures et portraits*.

288. MARIUS (Prosper). Ronces et Gratte-culs. Ornés de 25 gravures en taille-douce. Préface de Charles Monselet. *Paris*, *J. Lemonnyer*, 1884, in-4, demi-mar. bleu, coins, dos orné, tête dorée, non rog., couv. cons.

289. MASSON (Frédéric). Joséphine. Impératrice et Reine. *Paris*, *Goupil et Cie*, 1899, in-4, mar. vert à long grain, dos orné, large dent. et orn. napoléoniens sur les plats, dent. int., tr. dorées, couv. cons. (*Durvand*).

Illustré de 1 frontispice en héliogravure, colorié à la poupeé et retouché au pinceau, 4 en-têtes, 4 culs-de-lampe et 33 planches hors texte, en héliogravure.

290. MASSON (Frédéric). L'Impératrice Marie-Louise. *Paris*, *Manzi*, *Joyaut et Cie*, 1902, in-4, br.

Illustré de 1 frontispice en héliogravure, colorié à la poupée et retouché au pinceau, 4 en-têtes, 4 culs-de-lampe et 43 planches hors texte, en héliogravure.

291. MASSON (Frédéric). Réunion de 28 vol. in-12, et in-8, br. et rel.

Napoléon et sa famille, 9 vol. (Manque le T. VI et le T. II est en double). — Le sacre et le couronnement de Napoléon. — Napoléon et son fils. — Napoléon inconnu. Papiers inédits, 1786-1793, 2 vol. — Joséphine de Beauharnais. — Joséphine répudiée. — Napoléon chez lui. La Journée de l'Empereur aux Tuileries. — Napoléon et les femmes. I. L'amour. — Le marquis de Grignan, petit-fils de Mme de Sévigné. — Mémoires et lettres de François-Joachim de Pierre, Cardinal de Bernis, 1715-1758, 2 vol. — L'affaire Maubreuil. — Petites histoires. — Souvenirs de Maurice Duviquet (de Clamecy). — Jadis et aujourd'hui (2e série). — Jadis, 2 vol. — Autour de Sainte-Hélène, 2 vol.

292. MAUPASSANT (Guy de). Œuvres complètes de Guy de Maupassant. Etude de Pol Neveux. *Paris, L. Conard*, 1908-1910, 29 vol. in-8, br., *portrait.*

Manquent 2 vol. : *Des vers* et *le T. I des Œuvres posthumes.*

293. MAUPASSANT (Guy de). Contes du jour et de la nuit. Illustrations de P. Cousturier. *Paris, Marpon et Flammarion, s. d.*, in-12, demi-rel. mar. bleu, coins, dos orné, tête dor., non rog., couv. cons.

Edition originale.

294. MAUREPAS. Recueil dit de Maurepas. Pièces libres, chansons, épigrammes et autres vers satiriques sur divers personnages des siècles de Louis XIV et Louis XV, accompagné de remarques curieuses du temps ; publiés pour la première fois, d'après les manuscrits conservés à la Bibliothèque Impériale, à Paris, avec des notices, des tables, etc. *Leyde*, 1865, 6 vol. in-16, mar. bleu, dos orné, enc. de filets sur les plats, dent. int., tr. dor. (*Smeers*).

295. MAZE-SENCIER (Alph.). Le livre des collectionneurs. *Paris, Renouard*, 1885, in-8, demi-mar. brun, coins, tête dorée, non rog., couv. cons.

296. MÉMOIRES SUR L'IMPÉRATRICE JOSÉPHINE, ses contemporains, la cour de Navarre et de la Malmaison. 2e édition. *Paris, Ladvocat*, 1829, 3 vol. in-8, demi-perc. verte, non rog., *portraits.*

297. MÉMOIRES et souvenirs d'un Pair de France, ex-membre du Sénat conservateur. *Paris, chez les marchands de nouveautés*, 1840, 4 vol, in-8, demi-perc. verte, têtes jasp., non rog.

298. MÉON (Dominique-Martin). Blasons, poésies anciennes, recueillies et mises en ordre par D. M. M***. *Paris, chez P. Guillemot,* 1807, in-8, mar. rouge jans., dent. int., tr. dor. (*David*). *Exemplaire avec les cartons.*

299. MÉRIMÉE (Prosper). Théâtre de Clara Gazul, comédienne espagnole. *Paris, H. Fournier,* 1830, in-8, demi-mar. vert, coins, dos orné, tête dorée, tr. éb.

(Taches de rousseur).

300. MÉRIMÉE (Prosper). Scènes féodales. — La Jacquerie, par l'auteur du Théâtre de Clara Gazul. Deuxième édition. *Paris, Mesnier,* 1829, in-8, demi-mar. rouge, coins, dos orné, tête dor., non rog. (*Smeers*).

(Taches de rousseur).

301. MÉRIMÉE (Prosper). 1572. — Chronique du temps de Charles IX, par l'auteur du Théâtre de Clara Gazul. *Paris, Mesnier,* 1829, in-8, demi-mar. rouge, coins, dos orné, tête dorée, tr. éb. (*Smeers*).

Edition originale (Taches de rousseur).

302. MÉRIMÉE (Prosper). La Double Méprise, par l'auteur du Théâtre de Clara Gazul. *Paris, H. Fournier,* 1833, in-8, demi-mar. La Vallière, coins, dos orné, tête dor., tr. éb.

Edition originale.

303. MÉRIMÉE (Prosper). Mosaïque, par l'auteur du Théâtre de Clara Gazul. *Paris, Fournier,* 1833, in-8, cuir de Russie, enc. de filets et dent. dor. et à froid sur les plats et à l'int., tr. dorées (*Duplanil*).

Edition originale, portant sur le feuillet de garde la dédicace suivante : « *Offert par l'auteur à son ami Eugène Lami. Pr. M.. — 3 juillet 1833.* » — Piqûres.

304. MÉRIMÉE (Prosper). Mosaïque, par l'auteur du Théâtre de Clara Gazul. *Paris, H. Fournier,* 1833, in-8, demi-mar. rouge, tête dorée, tr. éb.

Edition originale.
Bel exemplaire, lavé et encollé (Taches de rousseur sur les faux titre et titre).

305. MÉRIMÉE (Prosper). Carmen. *Paris, Calmann-Lévy*, 1884, pet. in-8, cart. bradel, demi-mar. bleu, avec coins, non rog., couv. et dos cons. (*Champs*).

Un des 50 exemplaires numérotés sur papier du Japon, auquel on a joint la suite de : 1 frontispice et 8 vignettes dessinés par S. Arcos et gravés par A. Nargeot, avant la lettre, sur papier du Japon.

Orné de ONZE AQUARELLES ORIGINALES, non signées.

306. MÉRIMÉE (Prosper). Réunion de 19 vol. in-12 et in-8, br.

Colomba. Illustrations de Vuilhier. — Une correspondance inédite. — Etudes sur l'histoire romaine. — Lettres à une inconnue, 2 vol. — Lettres à une autre inconnue. — Les deux héritages. — L'inspecteur général. — Les débuts d'un aventurier. — Mélanges historiques et littéraires. — Portraits historiques et littéraires. — La Double méprise. La Guzla. — Dernières nouvelles. — Lettres à Panizzi, 2 vol. — Lettres de l'inconnue. — La passion d'un auteur. — Réponse à Prosper Mérimée. — FILON. Mérimée et ses amis. — LEFEBVRE. La célèbre inconnue de Prosper Mérimée. — CHAMBON. Notes sur Prosper Mérimée.

307. MICHEL (Emile). Rembrandt, sa Vie, son Œuvre et son Temps. Ouvrage contenant 343 reproductions directes d'après les Œuvres du Maître. *Paris, Hachette et Cie*, 1893, in-4, demi-mar. rouge, coins, dos orné, tête dorée, non rog.

308. MICHEL (Emile). Rubens, sa Vie, son Œuvre et son Temps. Ouvrage contenant 354 reproductions directes d'après les Œuvres du Maître. *Paris, Hachette et Cie*, 1900, in-4, br., *80 planches, hors texte.*

309. MICHEL (Emile). Les Maîtres du Paysage. Ouvrage contenant cent soixante-dix reproductions dans le texte et quarante planches héliogravure. *Paris, Hachette et Cie*, 1906, gr. in-8, chag. noir, fers spéciaux, tr. dor.

310. MISTRAL (Frédéric). Mireille, poème provençal, par Frédéric Mistral. Texte et traduction, avec 25 eaux-fortes dont 21 sont reproduites par le procédé de MM. Lumière d'après les planches dessinées et gravées par Eug. Burnand, et 55 dessins du même artiste, tirés avec le texte. *Paris, Hachette et Cie*, 1891, in-8, cart. perc. crème, fers spéciaux.

311. MOLIÈRE. Théâtre complet de J.-B. Poquelin de Molière, publié par D. Jouaust, préface par M. D. Nisard, de l'Académie française, dessins de Louis Leloir, gravés à l'eau-forte par Flameng. *Paris, Librairie des Bibliophiles*, 1876-1883, 8 vol. gr. in-8, demi-mar. rouge, coins, dos ornés, têtes dorées, non rog., couv. cons. (*Smeers-Engel*).

Orné de 1 portrait de Molière et 30 figures de Louis Leloir, gravées à l'eau-forte par Flameng.

312. MOLIÈRE. Les œuvres de Molière, avec notes et variantes par Alphonse Pauly. *Paris, Lemerre*, s. d., 8 vol. in-16, vélin blanc, tr. rouge, *portrait* (*Loisellier*).

313. MONTAIGNE. Les essais de Montaigne, réimprimés sur l'édition originale de 1588, avec notes, glossaire et index, par MM. H. Motheau et D. Jouaust, et précédés d'une note, par M. S. de Sacy. *Paris, Librairie des Bibliophiles*, 1873-1875, 4 vol. in-8, demi-rel. chag. brun, avec coins, dos ornés, têtes dorées, non rog.

Orné d'un portrait gravé à l'eau-forte par Gaucherel. On y a ajouté un portrait gravé sur acier par Hopwood.

314. MONTAIGNE. Les essais de Montaigne, accompagnés d'une notice sur sa vie et ses ouvrages, d'une étude bibliographique, de variantes, de notes, de tables et d'un glossaire, par E. Courbet et Ch. Royer. *Paris, A. Lemerre*, 1872-1900, 5 vol. in-8, br., *portrait*.

315. MONTESQUIEU. Œuvres complètes de Montesquieu, avec les variantes des premières éditions, un choix des meilleurs commentaires et des notes nouvelles, par Ed. Laboulaye. *Paris, Garnier frères*, 1875-1879, 6 vol. in-8, demi-chag. noir, tr. jasp., *portrait*.

316. MONTHOLON (Général, comte de). Mémoires pour servir à l'histoire de France, sous Napoléon, écrits à Sainte-Hélène, par les Généraux qui ont partagé sa captivité, et publiés sur les manuscrits entièrement corrigés de la main de Napoléon. *Paris, Firmin-Didot, père et fils*, 1823-1825, 6 vol. in-8, demi-veau fauve, dos ornés, têtes jasp., non rog. (*Ch. Blaise*).

317. MOREAU (Hégésippe). Le myosotis, petits contes et petits vers. — Nouvelle édition illustrée de 134 compositions de Robaudi, gravées sur bois, par Clément Bellenger, préface par André Theuriet. *Paris, L. Conquet,* 1893, in-8, demi-mar. bleu ardoise, coins, dos orné, fleurons mos., tête dorée, non rog., couv. cons.

318. MURGER. Suite complète de 1 portrait et 9 eaux-fortes, dessinés par Montader et gravés par Courtry, pour illustrer la *Vie de Bohême*, in-4 en ff. dans un carton.

Eau-forte pure avec remarque sur papier du Japon et avant toute lettre avec remarque sur papier de Hollande.

319. MUSSET (Alfred de). Œuvres, 10 vol. — Biographie d'Alfred de Musset, par Paul de Musset, 1 vol. *Paris, Lemerre,* 1876-1877, ens. 11 vol. in-16, demi-rel. mar. bleu, avec coins, dos ornés mos., têtes dorées, non rog. (*Allô*).

De la Petite Bibliothèque Littéraire.
Un des 110 exemplaires numérotés sur papier Whatman, auquel on a joint : 1 portrait en médaillon gravé par Martinez d'après David; 1 portrait gravé par Mongin, 1 portrait gravé par Boilvin d'après Gavarni, 1 portrait gravé par Le Rat et 1 portrait en buste, gravé par Monziès. et la suite des 42 figures de H. Pille, gravées à l'eau-forte par Louis Monziès. — Les portraits sont en double épreuve, en noir et en bistre et les gravures sont avant la lettre avec signature du graveur, à la pointe.

320 MUSSET (Alfred de). La confession d'un enfant du siècle, avec 10 compositions de P. Jazet, gravées à l'eau-forte, par E. Abot. *Paris, A. Quantin,* 1891, in-8, demi-mar. vert olive, coins, dos orné fleurons mos., tête dorée, non rogn., couv. cons.

321. MUSSET (Alfred de). Nouvelles. — Les deux Maitresses. — Emmeline. — Le fils du Titien. — Frédéric et Bernerette. — Pierre et Camille. Nouvelle édition illustrée de 1 portrait gravé par Burnay, d'après une miniature de Marie Moulin, et de 15 compositions de F. Flameng et O. Cortazzo, gravées à l'eau-forte par Mordant et Lucas. *Paris, L. Conquet,* 1887, gr. in-8, demi-mar. rouge, coins, dos orné, tête dorée, non rog., couv. cons. (*Allô*).

Un des 150 exemplaires numérotés sur grand papier vélin.

322. NAIN JAUNE (Le), ou journal des arts, des sciences et de la littérature. *Paris*, 15 décembre 1814 au 15 juillet 1815, 43 nos en 2 vol. in-8, 7 *grandes planches en couleurs*. — Le NAIN JAUNE réfugié, par une société d'anti-éteignoirs. *Bruxelles*, *mars-novembre* 1816, 42 nos en 2 vol. in-8, *1 planche*. — Ens. 4 vol. in-8, bas., dos orné, tr. jasp.

323. NAPOLÉON et ses contemporains. Suite de gravures représentant des traits d'héroïsme, de clémence, de générosité, de popularité, avec texte, publiée par Auguste de Chambure. *Paris*, *J. Renouard*, 1828, 2 part. en 1 vol. in-4, cart., non rog.

Illustré de 1 portrait, 2 frontispices et 44 figures par Devéria, sur chine monté. Piqûres.

324. NAPOLÉON, sa famille, ses amis, ses généraux, ses ministres et ses contemporains, ou soirées secrètes du Luxembourg, des Tuileries, de Saint-Cloud, de la Malmaison, de Fontainebleau, etc., par M. le ..... ex-ministre de S. M. Impériale et Royale. *Paris*, *Krabbe*, 1840-1841, 5 vol. in-8, demi-perc. rose, têtes rouges, non rog., *portraits*.

325. NAPOLÉON A L'ILE D'ELBE (Ouvrages relatifs à) et aux Cent-Jours. Réunion de 9 vol. in-12 et in-8, rel. et br.

Les registres de l'Ile d'Elbe. Lettres et ordres inédits de Napoléon Ier. *Paris*, 1897, in-12, br. — Pons (de l'Hérault). Souvenirs et anecdotes de l'Ile d'Elbe. *Paris*, 1897, in-8, br. — M. Pellet. Napoléon à l'Ile d'Elbe. *Paris*, 1888, in-12, demi-perc., non rog. — Napoléon à l'Ile d'Elbe. Chronique des événements de 1814 à 1815 d'après le journal du colonel sir Neil Campbell. *Paris*, 1873, in-8, demi-chag., tr. jasp., *fig*. — Une année de la vie de l'Empereur Napoléon, par A. D. B. M***. *Paris*, 1815, in-8, demi-chag., tr. marb., *fig*. — Gruyer, Napoléon, Roi de l'Ile d'Elbe. *Paris*, 1906, in-8, cart. — L'Ile d'Elbe et les Cent-Jours par Chautard. *Paris*, 1851, in-8, demi-perc., non rog. — La vérité sur les Cent-Jours, par Lucien Bonaparte, Prince de Canino. *Paris*, 1835, in-8, demi-perc. tr. marb. — Laumann. Les Cent-Jours. *Paris*, 1906, in-12, br.

326. NAPOLÉON A SAINTE HÉLÈNE (Ouvrages relatifs à). Réunion de 26 vol. in-8, rel.

ANTOMMARCHI. Mémoires du docteur F. Antommarchi, ou les derniers momens de Napoléon. *Paris*, 1825, 2 vol. demi-perc.

verte, tête jasp., non rog. — O'MÉARA. Relation des événements arrivés à Sainte-Hélène, postérieurement à la nomination de sir Hudson-Lowe au gouvernement de cette île. *Paris*, 1819, demi-chag. violet, dos orné, tr. jasp. — RECUEIL de pièces relatives à la mort et à la sépulture de Napoléon. 1821, 33 pièces en 1 vol. demi-bas., non rog., couv. cons. — CHAGRINS domestiques de Napoléon Bonaparte à l'isle de Sainte-Hélène. *Paris*, 1821, demi-perc. verte, tête jasp., non rog. — Le Cinq Mai ou relation exacte des diverses circonstances qui ont précédé, accompagné et suivi la mort de Napoléon Bonaparte à Sainte-Hélène. *Paris*, 1821, br. — CARNET d'un voyageur, ou recueil de notes curieuses sur la vie, les occupations, les habitudes de Buonaparte à Longwood. Avec 3 vues coloriées. *Paris*, 1819, demi-perc. orange, non rog. — RECUEIL de pièces authentiques sur le captif de Sainte-Hélène, de mémoires documents, écrits ou dictés par l'Empereur Napoléon. *Paris*, 1821, 10 vol. demi-perc. verte, non rog., *figures*. — RECUEIL de pièces officielles sur le prisonnier de Sainte-Hélène. *Paris*, 1819, demi perc. verte, non rog. — WARDEN. Correspondance de Guillaume Warden, chirurgien, à bord du vaisseau de sa Majesté britannique, le Northumberland, qui a conduit Napoléon Buonaparte à l'Ile de Sainte-Hélène. *Bruxelles*, 1817, demi-perc. brune, non rog. — HUDSON LOWE. Mémorial de Sir Hudson Lowe, relatif à la captivité de Napoléon à Sainte Hélène. *Paris*, 1830, demi-bas., tr. jasp., *figures*. — MONTHOLON (Général). Récits de la captivité de l'Empereur Napoléon à Sainte Hélène. *Paris*, 1847, 2 vol. demi-perc. verte, non rog., *planches*. — HUDSON LOWE. Histoire de la captivité de Napoléon à Sainte-Hélène.*Paris*, s. *d.*, 4 vol. demi-perc. verte, non rog.

327. NAPOLÉON A SAINTE HÉLÈNE (Ouvrages relatifs à). Réunion de 13 vol. in-12 et in-8, rel. et br.

ANTOMMARCHI (D[r]). Les derniers moments de Napoléon (1819-1821). Nouvelle édition. *Paris*, s. *d.*, 2 vol. in-12, br. — ABELL (Mrs. L. E.) Napoléon à Sainte-Héléne. Souvenirs de Betzy Balcombe. *Paris*, 1898, in-12, br. — SEATON (R.-C.). Napoléon et Sir Hudson Lowe. *Paris*, 1909, in-12, br. — ST CÈRE et SCHLITTER. Napoléon à Sainte-Hélène. Rapports officiels du Baron Sturmer. *Paris*, s. *d.*, in-12, demi-perc. verte, non rog. — ADVIELLE (V.). La bibliothèque de Napoléon à Saint-Helène.*Paris*, 1894, in-12 carré, br. — GOURGAUD. (G[al], B[on]). Sainte-Hélène. Journal inédit 1815 à 1818, *Paris*, s. *d.* 2 vol. in-8, br. — MASSELIN. (E.). Sainte-Hélène. *Paris*, 1862, in-8, demi-perc. verte, non rog., *fig.* — FIRMIN-DIDOT. (G.). La captivité de Sainte-Hélène, d'après les rapports inédits du Marquis de Montchenu. *Paris*, 1894, in-8, demi-perc. verte, non rog., *fig.* — LAS CASES (Baron de). Journal écrit à bord de la Frégate la Belle-Poule. *Paris*, 1841, in-8, demi-veau bleu, tr. jasp., *fig.* — COQUEREAU (L'abbé F.). Souvenirs du voyage à Sainte-Hélène. *Paris*, 1841, in-8, demi-perc., non rog., *fig.*

328. NÉEL (L.-B.). Voyage de Paris à Saint-Cloud, par Mer et

par Terre, par L. Baltazar Néel (de Rouen), suivi du Retour par Augustin-Martin Lottin. Avec introduction et douze eaux-fortes par Jules Adeline. *Rouen, Augé*, 1878, in-8, perc. verte, fers spéciaux, tête rouge.

329. NOGARET. Le fond du sac ou recueil de contes en vers et en prose et de pièces fugitives. *Paris, Leclère*. 1866, pet. in-8, mar. rouge, dos orné, enc. de filets sur les plats, dent. int., tr. dorées. (*David*).

Illustré de 1 frontispice et 11 vignettes par Duplessis-Bertaux.

330. NOLHAC (Pierre de). Louis XV et Marie Leczinska. *Paris. Manzi, Joyaut et Cie*, 1900, in-4, br.

Illustré de 1 frontispice colorié à la poupée et retouché au pinceau, 4 en-têtes, 4 culs-de-lampe et 40 planches en héliogravure,

331. OGINSKI. Mémoires de Michel Oginski sur la Pologne et les polonais, depuis 1788 jusqu'à la fin de 1815. *Paris, Genève*, 1826-1827, 4 vol. in-8, demi-perc. grise, têtes jasp., non rog.

332. PALUSTRE (Léon). La Renaissance en France. Dessins et gravures sous la direction d'Eugène Sadoux. *Paris. A. Quantin*, 1879-1889, 3 tomes en 15 fasc. in-fol., br.

Tout ce qui a paru de cet ouvrage illustré de 64 planches hors texte et de nombreuses figures dans le texte.

333 PARNASSE SATYRIQUE (Le) du Sieur Théophile, suivi du Nouveau Parnasse satyrique. *S. l.*, l'an 1864, 2 vol. in-12, *frontispice de Félicien Rops*. — Le PARNASSE SATYRIQUE du XIXe siècle. Recueil de vers piquants et gaillards de MM. de Béranger, V. Hugo, A. de Musset, de Banville, Baudelaire, etc., *Rome, à l'enseigne des sept péchés capitaux, s. d.*, 2 vol. in-12, *fontispice de Félicien Rops*. — Ensemble, 4 vol. in-12, demi-chag. rouge, coins, dos ornés, têtes dorées, non rog.

334. PARQUIN. Récits de Guerre. Souvenirs du Capitaine Parquin, 1803-1814. Dessins par F. de Myrbach. H. Dupray, Walker, L. Sergent, Marius Roy. Introduction par Frédéric Masson. *Paris, Boussod, Valadon et Cie, s. d.*, in-4, br.

335 PARQUIN (Mme). Mémoires sur la Reine Hortense et la famille impériale par Mademoiselle Cochelet (Mme Parquin). Deuxième édition. *Paris*, *Ladvocat*, 1841-1842, 4 vol. in-8, demi-perc. verte, têtes jasp., non rog.

336. PASCAL. Les Pensées de Blaise Pascal. Texte revu sur le manuscrit autographe, avec une préface et des notes par Auguste Molinier. *Paris Lemerre*, 1877-1879, 2 vol. gr. in-8, br., *portrait*.

Un des cent exemplaires numérotés sur papier de Hollande contenant le portrait en double épreuve, en noir et sanguine.

337. PASQUIER. Mémoires du Chancelier Pasquier. Publiés par M. le Duc d'Audiffret-Pasquier. *Paris*, *Plon*, *Nourrit et Cie*, 1893-1895, 6 vol. in-8, demi-perc. bleue, têtes rouges, non rog., couv.

338. PEREY (Lucien) et Gaston. MAUGRAS. Réunion de 23 vol. in-8 et in-12, rel. et br.

Un petit neveu de Mazarin. Louis Mancini Mazarini, Duc de Nivernais, *port.* — La fin du XVIIIe siècle. Le duc de Nivernais (1754-1798), *port.* — Histoire d'une grande dame au XVIIIe siècle. La Princesse Hélène de Ligne, *port.* — Histoire d'une grande dame au XVIIIe siècle. La Comtesse Hélène Potocka. — Charles de Lorraine et la cour de Bruxelles sous le règne de Marie-Thérèse. — Le roman du grand roi Louis XIV et Marie Mancini, *port.* — Une reine de douze ans. Marie-Louise-Gabrielle de Savoie, Reine d'Espagne, *port.* — Figures du temps passé. XVIIIe siècle. — La Marquise de Boufflers et son fils le Chevalier de Boufflers, *port.* — Le Duc de Lauzun et la cour de Marie-Antoinette. — Le Duc et la Duchesse de Choiseul, leur vie intime, leurs amis et leur temps, *fig.* — La disgrâce du Duc et de la Duchesse de Choiseul, *fig.* — La Cour de Lunéville au XVIIIe siècle, *port.* — Journal d'un étudiant pendant la Révolution. 1789-1793, *port.* — Dernières années du Roi Stanislas, *port.* — Le Duc de Lauzun et la cour intime de Louis XV, *port.* — La vie intime de Voltaire, aux Délices et à Ferney, 1754-1778. — La jeunesse de Mme d'Epinay, *port.* — Dernières années de Mme d'Epinay, son salon et ses amis. — L'abbé F. Galiani. Correspondance avec Mme d'Epinay, Mmes Necker, Diderot, Grimm. etc.

339. PERRAULT (Charles). Contes du Temps passé, par Charles Perrault, contenant les Fées. Le Petit Chaperon-Rouge. Barbe Bleue. Le Chat botté. La Belle au bois dormant. Cendrillon.

Le Petit Poucet. Riquet à la Houppe et Peau-d'Ane. Précédés d'une notice littéraire sur Charles Perrault par M. E. de La Bedollierre. Illustrés par MM. Peauquet, Marvy, Jeanron, Jacque et Beauce. Texte gravé par M. Blanchard. *Paris, L. Curmer*, 1843, in-8, mar. brun, enc de filets sur le dos, les plats et à l'int., tr. dor. (*Chambolle-Duru*).

340. PETIT DE JULLEVILLE (L.). Histoire de la langue et de la littérature française des Origines à 1900, publiée sous la direction de L. Petit de Julleville. *Paris, A. Colin et Cie*, 1896-1899, 8 vol. in-8, br.

Orné d'environ 150 planches hors texte en noir et en couleur.

341. PEYRE (Roger). Napoléon Ier et son temps. Histoire militaire, gouvernement intérieur, lettres, sciences et arts. Ouvrage illustré de 13 planches en couleurs et 431 gravures et photogravures d'après les documents de l'époque et les monuments de l'art, et accompagné de 21 cartes ou plans. *Paris, Firmin-Didot et Cie*, 1888, gr. in-8, perc. rouge, fers spéciaux.

342. PIÈCES DÉSOPILANTES, recueillies pour l'esbatement de quelques Pantagruelistes. *A Paris, près Charenton, chez un libraire qui n'est pas triste*, printemps de 1866, pet. in-12, mar. rouge, dos orné, enc. de filets sur les plats, dent. int., tête dorée, non rog.

343. PLÉIADE (La). Ballades, fabliaux, nouvelles et légendes. Homère, Veda-Vyasa, Marie de France, Burger, Hoffmann, Ludwig Tieg, Ch. Dickens, Gavarni, H. Blaze. *Paris, Curmer*, 1842, in-12, mar. chaudron doublé de mar. vert, enc. de filets sur le dos, les plats et à l'int., tr. dorées, emboîtage (*Chambolle-Duru*).

Illustré de 1 frontispice général, dessiné et gravé par Ad. Féart; 9 frontispices particuliers dessinés et gravés à l'eau-forte par Penguilly, Jacque, Féart, Daubigny et Trimolet; et de 66 figures dans le texte par Penguilly, Jacque, Jeanron, Trimolet, Féart et Pauquet, gravées sur bois par Louis, Soyer, Lavieille, Guilbaut, Piaud, Jacque, Gérard, etc., etc.

Les figures pour *Rosemonde et Madame Acker*, sont gravées à l'eau-forte par Jacque, tirées sur Chine et collées dans le texte.

344. POÉ (Edgar). Histoires extraordinaires (et nouvelles histoires extraordinaires), traduites par Charles Baudelaire. Edition illustrée de 26 gravures hors texte. *Paris, A. Quantin*, 1884, 2 vol. in-8, demi-chag. brun, coins, dos orné, tête dorée, non rog., couv. cons.

345. PONTÉCOULANT (Comte de). Souvenirs historiques et parlementaires du Comte de Pontécoulant, ancien Pair de France (1764-1848). *Paris, Michel Lévy frères*, 1861-1865, 4 vol. in-8, demi-perc. orange, tête rouge, non rog., *portrait*.

On y a joint :
Souvenirs militaires. — Napoléon à Waterloo ou précis rectifié de la campagne de 1815, par un ancien officier de la Garde impériale (Comte de Pontécoulant). *Paris, Dumaine*, 1866, in-8, demi-perc. verte, tête jasp., non rog.

446. PRÉVOST (L'abbé). Histoire de Manon Lescaut et du Chevalier des Grieux. Précédée d'une préface par Alexandre Dumas fils. *Paris, Glady frères*, 1875, in-4, demi-mar. brun, coins, dos orné, tête dorée, non rog. (*Petit et Trioullier*).

Exemplaire numéroté sur papier du Japon, contenant la suite de un portrait de l'abbé Prévost, par Flameng, un portrait de Dumas fils par Jacquemart et 10 figures par Flameng, en 2 états : avant et avec la lettre.

347. QUENTIN-BAUCHART (Ernest). Les femmes bibliophiles de France (XVIe, XVIIe et XVIIIe siècles). *Paris, Morgand*, 1886, 2 vol. in-4, demi-rel. mar. rouge, avec coins, dos orné, tête dorée, non rog., couv. cons. (*Smeers-Engel*).

348 QUINZE JOYES DE MARIAGE (Les), avec des notes et un glossaire par D. Jouaust et une préface de Louis Ulbach. — Eaux-fortes par Ad. Lalauze. *Paris, Librairie des Bibliophiles*, 1887, in-8, demi-mar. citron, coins, dos orné, tête dorée, non rog., couv. cons. (*Ritter*).

Un des 15 exemplaires numérotés sur gr. papier du Japon, contenant les eaux-fortes en 2 états : avant la lettre dans le texte, et avec la lettre, en tirage à part.

349. RABELAIS. Œuvres de Rabelais. Edition nouvelle, collationnée sur les textes revus par l'auteur avec des remarques

historiques et critiques de Le Duchat et Le Motteux, publiée par Paul Favre. *Niort, L. Favre* et *Paris, H. Champion*, 1875-1880, 5 vol. in-8, papier de Hollande, br.

350. RAVAISSON (François). Archives de la Bastille. Documents inédits, recueillis et publiés par François Ravaisson. 1659-1725. *Paris, Durand et Pédone-Lauriel*, 1866-1882, 13 vol. in-8, demi-veau fauve, dos orné, tr. jasp.

351. RÉMUSAT (M. et Mme de). Mémoires de Mme de Rémusat (1802-1808), 3 vol. — Lettres de Mme de Rémusat (1804-1814), 2 vol. — Correspondance de M. de Rémusat pendant les premières années de la Restauration, 6 vol. — *Paris, Calmann-Lévy*, 1880-1887, ens. 11 vol. in-8, br., et demi-chag. rouge, tr. jasp.

352. RENOUARD (Paul). La Danse. Vingt dessins de Paul Renouard transposés en harmonies de couleurs. *Paris, Charles Gillot*, 1892, in-fol. en ff. dans un carton.

353. REVUE RÉTROSPECTIVE et Nouvelle Revue Rétrospective, par Paul Cottin. *Paris*, origine 1885 à 1904, 40 vol. dont 19 en demi-chag. gris, têtes dorées, non rog. et 21 en livraisons.

Bien complet des titres et tables. Manque les n°s 16. 19, 26 et 41 de la Nouvelle Revue rétrospective.

354. RIS-PAQUOT. Dictionnaire des marques et monogrammes, des faïences, poteries, grès, terre de pipe, terre cuite, porcelaines, etc., anciennes et modernes, contenant en outre : les noms des principaux peintres, décorateurs, modeleurs, tourneurs, etc., et environ 600 marques de potiers romains. 5e édition. *Paris, R. Simon*, 1880, in-8, demi-perc. brune, tête rouge, non rog. — GRAESSE-JAENNICKE. Guide de l'amateur de porcelaines et de faïences (y compris grès et terres cuites). Collection complète des marques de porcelaines et de faïences connues jusqu'à présent. Neuvième édition. *Dresde, Schœnfeld*, 1901, in-12, perc. grise, fers spéciaux, tr. rouges. — Ensemble 2 vol. in-8 et in-12.

355. ROBBÉ DE BEAUVESET. Œuvres badines. *Bruxelles*,

Gay, 1583, 2 tomes en 1 vol, pet. in-8, demi-rel. mar. bleu, avec coins, dos orné, tête dorée, non rog. (*Smeers-Engel*).

Exemplaire contenant le frontispice gravé par J. Chauvet en 6 épreuves de différentes couleurs, sur Chine volant.

356. ROBIDA (A.). La Vieille France. Texte, dessins et lithographies par A. Robida. — Provence. *Paris, Librairie illustrée, s. d.*, in-4, cart. perc. grise, fers spéciaux.

357. ROGUET (Comte). Mémoires militaires du Lieutenant Général, comte Roguet (François). Colonel en second des Grenadiers de la Vieille Garde, Pair de France. *Paris, J. Dumaine*, 1862-1864, 4 vol. in-8, demi-perc. rouge, non rog.

358. ROUSSEAU (J.-J.), Les Confessions. Nouvelle édition illustrée de quatre-vingt seize compositions par Maurice Leloir, gravées à l'eau-forte par les premiers artistes. — Préface de Jules Claretie, de l'Académie française. *Paris, H. Launette et Cie*, 1889, 2 vol. in-4 en 12 fasc., en ff. dans des cartons.

359. ROVIGO (Duc de). Mémoires du duc de Rovigo, pour servir à l'histoire de l'Empereur Napoléon. *Paris, A. Bossange*, 1828, 8 vol. in-8, demi-perc. verte, têtes jasp., non rog.

360. SAINT-AUGUSTIN. Les Confessions de Saint-Augustin. Traduction nouvelle avec introduction par Edmond Saint-Raymond. Illustré de huit eaux-fortes, composées et gravées par Adolphe Laulauze. *Paris, G. Hurtrel, s. d.*, gr. in-8, br. dans un carton.

Un des 30 exemplaires numérotés sur papier du Japon, contenant la suite des gravures en 2 états : avant toute lettre et avec la lettre.

361. SAINTE-BEUVE. Causeries du lundi. *Paris, Garnier, frères*, 1855-1857, 10 vol. in-12, demi-bas. verte, tr. jasp. — Premiers Lundis. *Paris, Michel Lévy frères*, 1874-1875, 3 vol. in-12, br. — Nouveaux Lundis. *Paris, Michel Lévy frères*, 1869-1872, 13 vol. in-12, br. — Ens. 26 vol.

362. SAINTE-BEUVE. Réunion de 37 vol. in-12, br.

Port-Royal, 7 vol. — Portraits contemporains, 4 vol. — Chateaubriand et son groupe littéraire sous l'Empire, 2 vol. — Correspondance et nouvelle correspondance, 3 vol. — Madame Desbordes-Valmore, sa vie et sa correspondance. — Souvenirs et indiscrétions. — Tableau historique et critique de la poésie française et du théâtre français au XVIe siècle. — Lettres à la princesse. — Les cahiers de Sainte-Beuve. — Poésies complètes. — Chroniques parisiennes. — Le clou d'or. — Correspondance inédite avec M. et Mme Juste Olivier. — Lettres inédites à Collombet. — S. de Lovenjoul. Sainte-Beuve inconnu. — Michaut. Le livre d'amour de Sainte-Beuve. — Vicomte d'Haussonville. C.-A. Sainte-Beuve, sa vie et ses œuvres. — Pons. Sainte-Beuve et ses inconnues. — Troubat. Souvenirs du dernier secrétaire de Sainte-Beuve. — George Sand. Lettres à Alfred de Musset et à Sainte-Beuve. — Hortense Allard de Méritens. Lettres inédites à Sainte-Beuve. — Troubat. Sainte-Beuve et Champfleury. — G. Grappe. Dans le jardin de Sainte-Beuve. — Michaut. Etudes sur Sainte-Beuve. — Gust. Simon. Le Roman de Sainte-Beuve.

363. SAINT-PIERRE (Bernardin de). Paul et Virginie. *Paris, L. Curmer*, 1838, gr. in-8, mar. rouge, enc. de filets sur le dos, les plats et à l'int., tr. dorées sur brochure (*Chambolle-Duru*).

Illustré de 7 portraits dessinés par Laffitte, Tony Johannot et Meissonier, gravés sur acier par Cousin, Pelée, Pigeot et Revel, sur Chine monté; 29 planches gravées sur bois, tirées sur Chine monté et 1 carte coloriée; et d'environ 450 vignettes sur bois, intercalées dans le texte.

364. SAINT-SIMON. Mémoires du duc de Saint-Simon, publiés par MM. Chéruel et Ad. Régnier fils, et collationnés de nouveau pour cette édition sur le manuscrit autographe. Avec une notice de M. Sainte-Beuve. *Paris, Hachette et Cie*, 1873-1881, 22 vol. in-12, demi-vélin blanc, coins, non rog.

365. SAND (George). Mauprat. Dix compositions par Le Blant, gravées à l'eau-forte par H. Toussaint. *Paris, A. Quantin*, 1886, in-8, demi-mar. brun, coins, dos orné, tête dorée, non rog., couv. cons.

De la collection des chefs-d'œuvre du Roman contemporain.

366. SAND (George). La Mare au Diable. Edition enrichie de dix-sept illustrations composées et gravées à l'eau-forte par

Edmond Rudaux. *Paris, A. Quantin*, 1889, in-8, demi-mar. bleu, coins, dos orné, non rog., couv. cons.

De la collection des chefs-d'œuvre du Roman contemporain.

367. SAND (George). Les Beaux Messieurs de Bois-Doré. Illustrations d'Adrien Moreau, gravées sur bois par Braner, Froment, Hamel, Méaulle, Rousseau et Thomas. *Paris, E. Testard*, 1892, 2 vol. in-4, br.

368. SANDEAU (Jules). Un début dans la Magistrature. *Paris, Calmann-Lévy*, 1887, in-8, br.

Illustré de un portrait par Lehmann et 12 en-têtes par Baugnies. On y a joint : un tirage à part de la suite, en 2 états : eau-forte pure et avant la lettre, sur papier du Japon, de format in-8, demi-chag. bleu, coins, dos orné, tête dor.

369. SCHOLL (Aurélien). Denise. Aquarelles de Grivaz, gravées par Arents. *Paris, Rouveyre et Blond*, 1884, in-8, mar. bleu jans., dent. int., tête dorée, non rog., couv. ill. cons.

Un des 50 exemplaires numérotés sur papier du Japon, contenant les gravures en double état : à leur place dans le texte et en tirage à part, en bistre sur Japon.

370. SCOTT (Walter). Walter Scott illustré. Dessins de MM. Detti, Gosselin, Kurner, Lemaistre, Ad. Marie, H. Pille, F. Taluet, etc.... *Paris, Firmin-Didot et Cie*, 1881-1892, 19 vol. in-4, demi-chag. rouge, coins, dos ornés, têtes dorées, non rog.

371. SÉVIGNÉ (Mme de). Lettres de Marie de Rabutin-Chantal, Marquise de Sévigné, à sa fille et à ses amis. Edition revue et publiée par M. U. Silvestre de Sacy. *Paris, Téchener*, 1861, 11 vol. in-12, demi-chag. vert, coins, tête dor., non rog.

372. SHAKESPEARE (William). Le songe d'une nuit d'Eté. Illustré par Arthur Rackham, R. W. S. *Paris, Hachette et Cie*, 1909, in-8 carré, perc. crème, fers spéciaux, *30 planches hors texte en couleurs.*

373. SILVESTRE (Armand). Chroniques du temps passé. Le conte de l'Archer. Aquarelles de A. Poirson, gravées par Gil-

lot. Impression chromotypographique par A. Lahure. *Paris, Lahure*, 1883, in-8, mar. vert doublé de moire rouge, dos orné, enc. de filets et orn. dorés sur les plats, dent. int., tr, dorées, couv. ill. cons., emboîtage (*Smeers-Engel*).

374. SIRET (Adolphe). Dictionnaire historique des peintres du toutes les écoles depuis l'origine de la peinture jusqu'à nos jours. Deuxième édition revue et considérablement augmentée. *Paris, Lacroix, Verboeckhoven et Cie*, 1866, 2 vol. gr. in-8, demi-veau bleu, tr. jasp.

Exemplaire auquel on a joint environ 110 gravures représentant des portraits et des tableaux.

375. SIRET (Adolphe). Dictionnaire historique et raisonné des peintres de toutes les écoles, depuis l'origine de la peinture jusqu'à nos jours. Troisième édition originale (considérablement augmentée). *Bruxelles, Paris*, 1883, 2 vol. in-8, br., *figures*.

376. SOCIÉTÉ D'HISTOIRE CONTEMPORAINE. *Paris, A. Picard et fils*, 1892-1904, 24 vol. in-8, br. et demi-perc., têtes rouges, non rog.

Correspondance du Marquis et de la Marquise de Raigecourt. Mémoires de Michelot Moulin sur la Chouannerie normande — 18 fructidor. — Mémoires de famille de l'abbé. Lambert. — Journal d'Adrien Duquesnoy, 2 vol. — Lettres de Marie-Antoinette, 2 vol. — Mémoires du Comte Ferrand. — Collectes à travers l'Europe, pour les prêtres français déportés en Suisse pendant la Révolution, 1794-1797. — Souvenirs du Comte de Semalli, page de Louis XVI. — Louis XVIII et les Cent-Jours à Gand. — Mémoires du Comte de Moré (1758-1837). — Mémoires de Pons de l'Hérault aux puissances alliées. — Kléber et Menou en Egypte. — Lettre de Mme Reinhard à sa mère (1798-1815). — Souvenirs du Capitaine Desbœuf. — Mémoires de Langeron. — P.-Fr. de Rémusat. Mémoires sur ma détention au Temple (1797-1799). — Journal de Mme de Cazenove d'Arlens. — Correspondance de Le Coz, évêque constitutionnel l'Ille-et-Vilaine. 2 vol. — Correspondance du duc d'Enghien (1801-1804) (I. I.). — Mémoires de l'abbé Baston, chanoine de Rouen (I. I.).

377. SOREL (Albert). L'Europe et la Révolution française. *Paris, Plon, Nourrit et Cie*, 1885-1904, 7 vol. in-8 (*t. I à VIII moins le t. IV*), br. et rel. demi-veau fauve, tr. jasp.

378. SOULIÉ (Frédéric). Le lion amoureux, par Frédéric Soulié.

Nouvelle édition illustrée de 19 vignettes par Sabib et gravées au burin sur acier par Nargeot. Avec une notice historique et littéraire par Ludovic Halévy. *Paris, L. Conquet*, 1882, in-12, mar. rouge doublé de mar. bleu, enc. de fil. sur les plats et à l'int., dos orné, tête dorée, non rog., couv. cons. (*Allô*).

Un des 150 exemplaires sur grand papier du Japon. — Un des 50 contenant une triple suite des vignettes.

379. STENDHAL. La Chartreuse de Parme. Réimpression textuelle de l'édition originale, illustrée de 32 eaux-fortes par V. Foulquier. Préface de Francisque Sarcey. *Paris, L. Conquet*, 1883, 2 vol. — Le Rouge et le Noir. Réimpression textuelle de l'édition originale, illustrée de 80 eaux-fortes par H. Dubouchet. Préface de Léon Chapron. *Ibid.*, *id.*, 1884, 2 vol. — Ensemble 5 vol. in-8, demi-mar. rouge, coins, dos ornés, têtes dorées, non rog., couv. cons. (*Smeers-Engel*).

Les couvertures de : *Le Rouge et le Noir* n'ont pas été conservées.

380. STENDAL. Réunion de 17 vol. in-12 et in-8, br.

Journal de Stendhal (1801-1814). — Vie de Napoléon. — — Correspondance inédite. 2 vol. — Nouvelles inédites. — Vie de Henri Brulard. - Lucien Leuwen. — Lettres intimes. — Napoléon. — Journal d'Italie. — Lamiel. — La Chartreuse de Parme. — Comment a vécu Stendhal. — Rebell. Les inspiratrices de Balzac, Stendhal, Mérimée. — Mélia. La vie amoureuse de Stendhal. — Brun. Henry Beyle-Stendhal. — Chuquet. Stendhal-Beyle.

381. STERNE. Voyage sentimental. Traduction nouvelle, précédée d'un essai sur la vie et les ouvrages de Sterne par M. J. Janin. Edition illustrée par Tony Johannot et Jacque. *Paris, Bourdin, s. d.*, in-8, demi-rel. chag. bleu foncé, plats toile, tr. jasp.

Premier tirage illustré de 170 vignettes environ, gravées sur bois, dont 12 grands sujets tirés hors texte sur papier de Chine monté. — Piqures.

382. STERNE (Laurence). Voyage sentimental en France et en Italie. Traduction nouvelle et notice de Emile Blémont. Illustrations de Maurice Leloir, comprenant 220 dessins dans le texte et 12 grandes compositions hors texte. *Paris, H. Lau-*

nette, 1884, in-4, demi-mar. rouge, coins, dos orné, tête dorée, non rog., couv. cons. (*Smeers-Engel*).

383. TAINE (H.). Les origines de la France contemporaine. *Paris, Hachette*, 1879-1894, 6 vol. in-8, br.

384. TAINE (H.). Réunion de 12 vol. in-12, rel. et br.

Voyage en Italie, 2 vol. — Un séjour en France de 1792 à 1795. — Histoire de la littérature anglaise, 5 vol. — Taine, sa vie et sa correspondance, 2 vol. (I III et IV seuls). — Carnets de voyages. Notes sur la province (1863-1865). — Derniers essais de critique et d'histoire.

385. TENTATION DE ST. ANTOINE (La), ornée de figures et de musique. — Le Pot-Pourri de Loth, orné de figures et de musique. *A Londres*, 1784, in-8, demi-veau fauve, coins, tête dorée, non rog. , couv. cons.

Réimpression faite à Zurich par von Castelberg. Exemplaire sur papier du Japon.

386. THEURIET (André). Nos oiseaux. Cent dix compositions de H. Giacomelli gravées sur bois par J. Huyot. *Paris. H. Launette et Cie*, 1887, gr. in-8, demi-mar. bleu, coins, dos orné, tête dorée, non rog., couv. cons. (*Ritter*).

387. THEURIET (André). Reine des Bois. Illustré par H. Laurent-Desrousseaux. *Paris, Boussod, Valadon et Cie*, 1890, in-4, br., *36 figures*.

388. THIÉBAULT (Dieudonné). Mes souvenirs de vingt ans de séjour à Berlin, ou Frédéric le Grand, sa famille, sa cour, son gouvernement, son académie, ses écoles, et ses amis littérateurs et philosophes. Seconde édition, revue et corrigée. *Paris, chez F. Buisson*, an XIII (1805), 5 vol. in-8, br.

389. THIÉBAULT (Baron). Mémoires du Général Baron Thiébault. Publiés sous les auspices de sa fille Mlle Claire Thiébault, d'après le manuscrit original, par Fernand Calmettes. *Paris, Plon, Nourrit et Cie*, 1893-1895, 5 vol. in-8, demi-perc. orange, têtes rouges, non rog., *portraits*.

390. TILLIER (Claude). Mon oncle Benjamin. Nouvelle édition illustrée d'un portrait-frontispice et de 42 dessins de Sahib, gravés sur bois par Prunaire; avec une préface par Monselet. *Paris, L. Conquet*, 1881, 2 vol. in-8, demi-chag. bleu, coins, dos ornés, têtes dorées, non rog., couv. cons,

391. UZANNE (Octave). La Femme à Paris. — Nos contemporaines. Notes successives sur les Parisiennes de ce temps dans leurs divers milieux, états et conditions. Illustrations de Pierre Vidal. *Paris, Librairies et Imprimeries réunies*, 1894, gr. in-8, br.

392. UZANNE (Octave). Documents sur les mœurs du XVIIIe siècle. *Paris, A. Quantin*, 1879-1883, 4 vol. gr. in-8, demi-mar. rouge, coins, dos ornés, têtes dorées, non rog., couv. cons.

Comprend :
I. La Chronique scandaleuse.
II. Anecdotes sur la Comtesse Du Barry,
III. La Gazette de Cythère.
IV. Les Mœurs secrètes du XVIIIe siècle.
Un des 50 exemplaires numérotés sur papier Whatman, contenant les frontispices en 2 états : avant la lettre, en sanguine et avec la lettre, en couleurs.

393. VALLÈS (Jules). Jacques Vingtras. — L'enfant. Edition illustrée de 12 eaux-fortes par Renouard. *Paris, A. Quantin*, 1884, in-8, demi-mar. vert, coins, dos orné, tête dorée, non rog. (*Smeers-Engel*).

394. VANDAL (Albert). Napoléon et Alexandre Ier. L'Alliance russe sous le Premier Empire. *Paris, Plon*, 1891-1895, 3 vol. in-8, demi-perc. grise, têtes rouges, non rog., *portraits*. — L'avènement de Bonaparte. *Paris, Plon, Nourrit et Cie*, 1902-1907, 2 vol. in-8, br. — Ens. 5 vol.

395. VANTEYNE. Un été en Hollande. Eaux-fortes originales de Vanteyne. *S. l. n. d.*, in-fol. en ff. dans une couv.

Suite de 7 eaux-fortes originales de Vanteyne dont une en couleurs.

396. VANTEYNE (A.). Paris. Vingt eaux-fortes originales de Vanteyne. *Paris*, 1907, in-fol. en ff. dans une couv.

Tiré à 12 exemplaires seulement, numérotés et signés.

6

397. VATEL (Charles). Charlotte de Corday et les Girondins. Pièces classées et annotées par Charles Vatel. *Paris, Henri Plon*, 1864-1872, 3 vol. in-8 et un album in-4, demi-veau fauve, tr. jasp.

398. VERLAINE (Paul). Quinze jours en Hollande. Lettres à un ami. Avec un portrait de l'auteur par Ph. Zilcken. *Paris, Léon Vannier, s. d.*, in-8 carré, mar. brun, dos orné, enc. de filets et de dent. avec orn. en cuir ciselé et pyrogravé, représentant des paysages de Hollande sur les plats, dent. int., tête rouge, non rog.

Un des 50 exemplaires numérotés sur papier du Japon orné de 70 AQUARELLES ORIGINALES de Vanteyne, dans les marges ou à pleine page.

399. VÉRON (Dr L.). Mémoires d'un Bourgeois de Paris. Comprenant : la fin de l'Empire, la Restauration, la Monarchie de juillet, et la République jusqu'au rétablissement de l'Empire. *Paris, Gabriel de Gonet, s. d.*, 6 vol. in-8, demi-chag. rouge, tr. jasp., *figures*

400. VICENCE (Duc de). Souvenirs du Duc de Vicence, recueillis et publiés par Charlotte de Sor. Quatrième édition. *Paris, Alphonse Levavasseur et Cie*, 1837, 2 vol. in-8, demi-perc. grise, têtes jasp., non rog. (*Piqûres*).

401. VIEL-CASTEL. Mémoires du comte Horace de Viel-Castel sur le règne de Napoléon III (1851-1864), publiés d'après le manuscrit original, avec une préface par L. Léouzon le Duc. *Pasis, chez tous les libraires*, 1883-1884, 6 vol. in-12, demi-chag. vert, têtes dorées, non rog.

Exemplaire sur papier vergé.

402. VIGNY (Alfred de). Servitude et grandeur militaires, par le comte Alfred de Vigny. *Paris, Bonnaire et Magen*, 1835, in-8, mar. rouge, enc. de filets sur le dos et les plats, enc. de fil. et grecque à l'int., tr. dorées (*Allô*).

Edition originale.

403. VIGNY (Alfred de). Servitude et grandeur militaires, compositions de Albert Dawant et de Jean-Paul Laurens, eaux-fortes de Louis Muller, Champollion et Decisy. *Paris, A Magnier*, 1898, 2 vol. gr. in-8, br.

404. VIGNY (Alfred de). Cinq-Mars ou une conjuration sous Louis XIII. *Paris, A. Quantin*, 1889, 2 vol. in-8, demi-chag. rouge, coins, dos ornés, têtes dorées, non rog., couv. cons.

Illustré de vignettes dans le texte et de 1 portrait, 2 fleurons et 10 compositions de Dawant, hors texte, gravées à l'eau-forte.

405. VIRGILE. Publii Virgilii Maronis carmina omnia perpetuo commentario ad modum Joannis Bond expliciut Fr. Dubner. *Parisiis, Firmin-Didot*, 1858, in-12, mar. vert, orn. dorés sur les plats, dent. int., tr. dor. (*Smeers*).

Illustré de 27 photographies, collées dans le texte.

406. VOGUÉ (E. Melchior de). Le portrait du Louvre, illustrations de M. le comte de l'Aigle. *Paris, G. Boudet*, 1889, in-4, en ff. dans un carton.

407. VOGUÉ (Vicomte Eugène Melchior de). Histoires d'hiver. *Paris, Calmann-Lévy*, 1885, pet. in-8, mar. rouge, dos orné, enc. de filets sur les plats, dent. int., tr. dorées, couv. cons. (*Chambolle-Duru*).

De la collection Calmann-Lévy-Conquet.

Illustré de 1 frontispice, 5 en-têtes et 5 culs-de-lampe gravés par A. Nargeot d'après de Sta et Martin.

Exemplaire auquel on a ajouté une suite avant la lettre, sur Hollande, et orné sur le faux-titre de 1 AQUARELLE ORIGINALE DE H. DE STA.

408. VOLTAIRE. Œuvres complètes de Voltaire. Nouvelle édition avec notices, préfaces, variantes, table analytique, les notes de tous les commentateurs et des notes nouvelles. Conforme pour le texte à l'édition de Beuchot, enrichie des découvertes les plus récentes et mise au courant des travaux qui ont paru jusqu'à ce jour. Précédée de la vie de Voltaire par Condorcet, et d'autres études biographiques. *Paris, Garnier frères*, 1882-1883, 50 vol. in-8, demi-veau fauve, tr. jasp., *portraits*.

409. VOLTAIRE. Candide ou l'optimisme. — Préface de Francisque Sarcey. *Paris, Boudet,* 1893, in-8, demi-rel. mar. bleu, avec coins, dos orné, tête dorée, non rog.

Edition illustrée de 72 compositions d'Adrien Moreau, dont 10 gravées à l'eau-forte par D. Mordant et tirées hors texte, et 62 gravées sur bois par L. Huyot, dans le texte.

410. WHEATLEY (Henry B.). Les reliures remarquables du Musée Britannique au point de vue de l'art et de l'histoire, décrites par Henry B. Wheatley. *Paris, Gruel et Engelmann,* et *Londres,* 1889, in-4, br., *62 reproductions de reliure.*

411. ZOLA (Emile). Nouveaux contes à Ninon. — 1 frontispice et 30 compositions, dessinés et gravés à l'eau-forte par Ed. Rudaux. *Paris, L. Conquet,* 1886, 2 vol. in-8, demi-mar. bleu, coins, dos ornés, têtes dorées, non rog., couv. cons.

412. ZOLA (Emile). Guy de MAUPASSANT. — J.-K. HUYSMANS. — Henry CÉARD. — Léon HENNIQUE. — Paul ALEXIS. Les Soirées de Médan, avec les portraits des 6 auteurs, eaux-fortes de F. Desmoulins, et 6 compositions de Jeanniot, gravées à l'eau-forte par L. Muller. *Paris, Charpentier,* 1890, in-8, demi-mar. brun, coins, dos orné, tête dorée, non rog., couv. cons.

415 à 440. LIVRES ANCIENS, environ 300 volumes.

441 à 500. BELLES-LETTRES, Facéties, environ 1.000 volumes.

500 à 600. HISTOIRE, Mémoires sur la Révolution et le 1er Empire, Belles-Lettres, Romans, Beaux-Arts, etc., environ 3.000 volumes.

LA ROCHE-SUR-YON. — IMPRIMERIE CENTRALE DE L'OUEST

www.ingramcontent.com/pod-product-compliance
Ingram Content Group UK Ltd.
Pitfield, Milton Keynes, MK11 3LW, UK
UKHW020935180726
13838UKWH00002B/960

9 782329 368160